AF451771

LES
EGAREMENS
DE JULIE.

TROISIEME PARTIE.

A LONDRES.

M. DCC. LXXVI.

LES ÉGAREMENS DE JULIE.

REVENUE de mon évanouisse-
ment, je me trouvai sur un lit,
entourée de la Renaudé, de la
Beauval & de M. Morand. Les
excuses de celui-ci me firent entre-
voir l'erreur dans laquelle on étoit sur la révolution qui m'étoit arrivée. Au premier mouvement que j'avois fait avec précipitation pour
me retourner à l'arrivée de M. Andricourt,
ma robe, embarrassée sous la chaise de M.
Morand, n'avoit pas moins contribué à me
faire retomber dans mon fauteuil, que le
saisissement que m'avoit causé la vue du mal-

III. Partie. A

heureux Bellegrade. Celui-ci ne jugea pas
à propos d'attendre le retour de mes ef-
prits ; il fe contenta de témoigner, à ce
qu'on me raporta, combien il étoit au défefpoir d'être la caufe innocente de mon
accident, & fe retira prudemment, dans
l'incertitude du dénouement de cette fcene.
Il ne reparut chez la Beauval que le fur-
lendemain, qu'elle l'envoya chercher : em-
preffement auquel il jugea que je ne l'avois
point démafqué. Il comptoit toujours fur
l'impoffibilité où j'étois de le faire fans me
compromettre : je m'y ferois cependant déterminée, fi, dès le premier inftant de
réflexion, je n'avois trouvé un moyen plus
fûr de me venger. Pour un homme délié
il n'ufa guere de précaution. On s'étonne
fans doute qu'après les confidences récipro-
ques que nous nous étions faites, la Beauval & moi, j'aie différé un inftant de la
tirer d'erreur, & de lui aprendre la fcé-
lérateffe de celui dont elle m'avoit tant van-
té le mérite : rien de plus fimple, dira-t-on,
d'un mot je perdois Bellegrade, & je fer-
vois mon amie. J'en conviens ; mais je
voulois porter des coups plus fûrs. Les
femmes font quelquefois entêtées, la Beauval n'auroit peut-être pas voulu fe laiffer
perfuader : d'ailleurs Bellegrade avoit
l'ame affez noire pour me faire, par quelque nouveau trait, repentir de la juftice

que je lui aurois rendue en l'annonçant pour
un coquin ; il s'en feroit néceffairement fuivi
un éclat, du moins je le craignois : la di-
vifion entre les deux freres auroit pu avoir
des fuites. Le parti que je pris me parut plus
fûr pour moi, & plus fâcheux pour mon
traître : je n'accordai rien au premier mouvement ; mais je raifonnai ma vengeance.
Je me fis remener chez moi, où fans perdre de tems je mis la main à l'œuvre.

On fe fouvient bien fans doute que dans
le détail que Vépry m'avoit fait à Bordeaux
de la colere de fon pere contre fon frere,
dont il craignoit quelque fuite fâcheufe,
il m'avoit apris qu'il cherchoit à s'en affu-
rer ; que, malgré toutes fes mefures, il n'a-
voit encore pu parvenir à le faire arrêter.
Rien ne me parut plus facile que de lui
en procurer les moyens. J'écrivis une lettre
anonyme au pere, dans laquelle je lui
marquai que les baffeffes de fon fils le dés-
honoroient ; que s'il tardoit à profiter de
l'avis, il ne feroit peut-être plus à tems
de prévenir la Juftice, qui ne pourroit tôt
ou tard manquer de mettre ordre à fon bri-
gandage ; qu'il étoit actuellement à Marfeille, fur le point d'abufer de la confiance
de fort honnêtes gens, fous le nom d'Andricourt, qu'il avoit depuis peu fubftitué à
celui du Chevalier de Bellegrade : qu'il
n'étoit pas poffible qu'un homme, fans re-

venus ni talens, fît une certaine dépenfe ;
à moins d'avoir recours à d'indignes reffources. Je marquai exactement dans ma lettre
fa demeure, & donnai tous les renfeigne-
mens propres à le bien défigner au premier
ordre qu'il y auroit de l'arrêter : ce qui ne
fut différé qu'autant de tems qu'il en fallut
pour le retour du courrier ; car le pere
ayant fait fes diligences, les ordres furent
envoyés au Commandant , qui le fit arrêter
auffi-tôt & conduire au château , dit
Petit-Fort, fitué en mer , à une lieue de
Marfeille.

Rien ne pouvoit arriver de plus à propos pour favorifer mon deffein & empêcher
tout éclairciffement, que les circonftances
dans lefquelles nous nous trouvions les deux
freres & moi. Pour me difpenfer de retourner chez la Beauval, où j'aurois pu me retrouver vis-à-vis d'Andricourt, je prétextai
quelqu'indifpofition ; Andricourt de fon côté
évita foigneufement fon frere , auquel il
avoit d'abord été obligé de donner quelques excufes pour fe difculper de venir au
logis. Vépry à fon tour ayant remarqué, à
ma froideur pour Andricourt, que je ne
me fouciois pas de le voir, ne le preffa
plus de venir , & ceffant fes inftances lui
fit penfer que j'avois laiffé tranfpirer quelque chofe ; de forte qu'il détermina la
Beauval à retourner à Aix. Celle-ci ne

m'eut pas plutôt apris le deſſein où elle
étoit de quitter Marſeille, que je compris
la politique de ſon prétendu, qui ne cherchoit qu'à nous éloigner les uns des autres.

. Tout s'étoit juſques-là paſſé au gré de
mes déſirs : Bellegrade arrêté, ſon mariage
rompu, ne devois-je pas être contente ?
falloit-il joindre encore à ce plaiſir celui
de lui faire ſentir que je lui avois joué ce
tour ? Oui, ſans doute, la vengeance ne
voulut jamais chez nous rien perdre de ſes
droits. L'empriſonnement d'Andricourt fit
le bruit ordinaire à ces ſortes de cataſtro-
phes : on raiſonna beaucoup, on politiqua ;
chacun s'imagina ſavoir le vrai de la choſe :
la Beauval s'effraya, Vépry me témoigna
ſes inquiétudes. L'opulente aparence de ſon
frere lui donna à penſer ; il s'en ouvrit à
moi, & ce fut alors que le plaiſir de com-
pléter ma vengeance ſe déguiſa ſous celui
de raſſurer mon amant. Je le fis reſſouvenir qu'il m'avoit dit que ſon pere cherchoit depuis long-tems à le faire arrêter ;
j'aſſurai en perſonne bien inſtruite que ce
n'étoit qu'à l'inſtigation du pere qu'il avoit
été arrêté : j'ajoutai que j'étois ſûre de
mon fait. Je ne doutois pas qu'il ne rapor-
tât le tout à ſon frere, & que celui-ci ne
devinât le reſte, ce qui ne manqua pas
d'arriver. La premiere choſe qu'Andricourt

lui demanda fut un éclairciffement précis fur ce qu'il m'avoit conté fur la mau-
vaife humeur de fon pere contre lui. Vépry
ne lui eut pas plutôt fait le détail de ce
qu'il m'avoit apris, que ne doutant plus
que le coup ne partît de moi, il fulmina,
menaça, me peignit à fon frere des plus
noires couleurs. Dans fon tranfport il écrivit
à la Beauval pour la prévenir en fa faveur,
& l'engager à rompre tout commerce avec
moi ; Vépry fe chargea de lui remettre la
lettre, & lui aprit en même tems qu'il
étoit frere d'Andricourt : ce fut-là l'origine
d'une paffion qui m'a par la fuite coûté
bien des larmes. La Beauval, fans examiner quelles pouvoient être les raifons qui
m'avoient forcé au filence avec elle fur
le compte d'Andricourt, fans même entrer
dans aucun éclairciffement, s'imag na que
j'avois voulu la défobliger, & piquée que
j'euffe fans fon aveu difpofé d'un homme
fur lequel elle avoit des prétentions, elle
déclama contre mon procédé, qu'elle fou-
tint être odieux : ce n'étoit pas qu'elle eût
du goût pour Andricourt, il y parut bien
par la fuite ; mais ma démarche avoit bleffé
fa vanité. Peut-être fut-elle ravie de trouver ce prétexte pour autorifer d'autres vues,
qu'elle ne tarda pas à remplir. Elle témoigna à Vépry prendre le plus vif intérêt au
malheur de fon frere, l'engagea à lui en

venir donner des nouvelles le plus souvent qu'il pourroit, lui fit entendre que l'état où elle se trouvoit avoit besoin de consolation. La Beauval avoit, dès les premiers jours, remarqué Vépry, & l'avoit trouvé à son goût; il n'est pas difficile de juger qu'en tâchant de se l'aproprier, elle satisfaisoit les deux passions dominantes dans notre sexe, l'amour & la vengeance.

Pendant les huit premiers jours de trouble & de confusion qu'avoit excité la détention d'Andricourt, je n'avois vu rentrer son frere qu'avec une mauvaise humeur affectée, dont je n'avois pu m'empêcher de lui marquer à la fin mon ressentiment avec quelqu'aigreur, ce qu'il m'avoit paru assez mal recevoir : il lui échapa même quelques paroles dures pour la premiere fois depuis que nous étions ensemble. Cet écart de sa part, joint à une absence continuelle, m'intrigua; je m'imaginai cependant n'en devoir accuser que le trop de naturel pour son frere, auquel je ne connoissois que plus d'art qu'il n'en faut pour tourner l'esprit. Je ne doutai point que son dessein ne fût de me l'enlever : mais je ne m'en mis pas beaucoup en peine, bien persuadée de le ranimer au premier coup d'œil. J'allai, comme à l'ordinaire, chez la Renaudé, où la Beauval ne paroissoit plus : M. Morand me dit un jour en entrant qu'il venoit de la ren-

contrer avec Vépry. On badina fur l'infidélité des amans , fur leurs tracafferies :
je n'y fis pour lors aucune attention ; je
plaifantai comme les autres. Je ne fus cependant pas plutôt chez moi que je ré-
fléchis à ce que j'avois oui dire dans la
journée. Vépry ne rentra que fort tard ; je
trouvai que c'étoit bouder un peu long-
tems, je lui fis fentir qu'il étoit fort mal
confeillé , & que fon train de vie commençoit à me laffer. Le petit air avantageux
dont il reçut mon compliment me fit foupçonner certaines chofes dont je ne tardai
pas à m'éclaircir. Je pris le lendemain de
juftes mefures pour éclairer fa conduite :
je fus le foir qu'il avoit paffé la journée
chez la Beauval, & j'apris que, depuis l'em-
prifonnement de fon frere , il ne l'avoit pas
quittée d'un inftant. Tant d'affiduité me devint fufpecte ; je me rapellai nombre de
circonftances qui m'ouvrirent les yeux fur
mon malheur. M. Morand & madame
Renaudé m'en découvrirent bientôt plus que
je n'en aurois voulu favoir. Je ne doutai
plus enfin de l'infidélité de Vépry. Quels
effets ne produit point en nous la jaloufie !
la grande tranquillité dans laquelle nous
avions vécu depuis Bordeaux avoit émouffé
le plaifir de nous aimer : point de gêne ,
point de myftere , notre paffion avoit paffé
de la trop grande fécurité à la langueur ,

& nôtre commerce ne reſſembloit plus qu'à
une union légitime, affadie par le trop de
facilité. D'amans vifs & paſſionnés nous
étions devenus paiſibles époux. Poſſeſſeur
d'un bien, on en ignore toujours le prix :
mon amant à Marſeille ne me paroiſſoit
plus le même qu'à Bordeaux. Mais que
ne devins-je point quand la jalouſie m'eut
repréſenté le malheur de le perdre, & de
le perdre infidele ! Je ne pus ſans frémir le
ſavoir dans les bras de la Beauval ; je de-
vins furieuſe : l'idée de me voir trahie ſe
joignant au ſouvenir de ce que j'avois fait
pour lui m'arracha des larmes. Indéciſe ſur
le parti que j'avois à prendre, je formai vingt
réſolutions ſans pouvoir m'arrêter à aucune.
Outre que la Beauval étoit aimable & inſi-
nuante, elle avoit encore pour elle la nou-
veauté ; ainſi il étoit inutile d'eſpérer de
le ramener. Quel étrange caprice eſt le nôtre ! moins je vis d'aparence à faire rentrer
mon infidele en lui-même, plus je reſſentis
mon amour s'augmenter pour lui. Sa jeuneſſe, ſa ſimplicité, ſes graces, tout vint
me parler en ſa faveur. Trop prompte à
l'excuſer, je n'imputai ſa perfidie qu'à la
Beauval, dont je connoiſſois l'emporte-
ment quand il s'agiſſoit de ſatisfaire ſa paſſion.

L'abattement dans lequel me jetterent
ces fâcheuſes réflexions fut ſuivi d'un accès

de fievre affez violent, dans lequel j'éprouvai toute la dureté de Vépry ; il ne fe con-
traignit pas un moment, & exact à fe rendre à fa nouvelle conquête, il m'abandonna
à moi-même, fans avoir la complaifance
de feindre la moindre inquiétude : j'en de-
vins inconfolable ; & comme je me prépa-
rois à lui en témoigner ma fenfibilité, on
me remit de fa part la lettre fuivante.

» Il feroit inutile, Madame, de tarder
» plus long-tems à éclaircir les doutes que
» vous avez formés à mon fujet. Vous con-
» cevez bien qu'après votre procédé envers
» mon frere il ne me convient pas de
» demeurer plus long-tems avec vous ; les
» loix de la bienféance & de la nature
» l'emportent fur de frivoles engagemens,
» que vous n'attendiez peut-être vous-même
» que l'occafion de rompre. Le parti que
» je prends eft moins un effet de légéreté
» que de ma prudence. Mais dois-je m'ex-
» cufer de vous avoir évité l'embarras de
» me prévenir ? Pour ne point nous expo-
» fer à des reproches inutiles, je vous épar-
» gnerai déformais la préfence de celui qui
» fe dit, &c. «

Cette lettre, que je reçus à neuf heures
du foir, fut pour moi un coup de foudre :
je n'avois pu me perfuader qu'il n'y eût plus
de retour : tout infidele que je le croyois,
j'avois encore quelque confolation à le voir ;

mais que devins-je à la lecture de ce billet,
qui m'annonçoit que j'en allois être tout-
à-fait séparée ? Ne doutant point qu'il ne
fût chez ma rivale, j'y envoyai le lendemain ; mais on me fit dire qu'elle étoit
partie la veille à cinq heures du soir avec
Vépry. Comment pus-je survivre à cette
nouvelle ! la révolution qu'elle me fit, au
contraire, me causa une sueur violente qui
emporta ma fievre : les larmes que je ré-
pandis en abondance me soulagerent ; mais
je tombai bientôt dans un épuisement &
une langueur qui firent craindre quelque
chose de plus sérieux. Madame Renaudé
vint me voir l'après-midi, je lui apris l'o-
dieuse nouvelle qui me désespéroit : je ne
lui cachai rien de la maniere indigne dont
Vépry en avoit agi avec moi. La douleur
que je lui témoignai l'étonna, elle ajouta
qu'elle m'avoit soupçonnée n'être point piquée d'une intrigue que personne n'ignoroit ;
que la maniere aisée & l'air tranquille dont
j'avois entendu certains propos à ce sujet
leur avoit fait croire que je ne demandois
pas mieux que de trouver l'occasion d'une
rupture ; qu'ils s'étoient depuis quelque-tems
aperçus d'un goût décidé qu'ils avoient l'un
pour l'autre ; qu'ils avoient apris le matin
même le détail de cette intrigue, telle que
je l'ai raportée plus haut, par le moyen du
Domestique de la Beauval, auquel elle

avoit donné congé. Tout ce que madame
Renaudé me dit me parut un songe, &
quoiqu'elle n'ajoutât rien qui ne fût capable
de calmer le désespoir le plus vif, je ne pus
prendre le dessus. Uniquement occupée de
ma douleur, je ne pouvois digérer l'affreuse
idée d'être aussi cruellement trahie.

Ce fut alors que je connus, mais trop tard,
l'imprudence qu'il y avoit eu à faire sentir à Andricourt que je m'étois vengée ;
car enfin c'est sur ce malheureux éclaircissement que chacun se crut en droit de travailler à ma perte. Trois jours après être
un peu remise de mon indisposition, j'allai
à Aix pour essayer de revoir mon infidele,
que je ne doutai point être fort tranquille
avec la Beauval. J'apris en arrivant qu'ils
étoient depuis deux jours à la campagne, &
qu'ils en revenoient le soir même. Ne voulant
point hazarder une lettre qui auroit pu ne pas
être exactement rendue à son adresse, je m'a-
dressai à un drôle qui faisoit ordinairement
les commissions de l'auberge où j'étois descendue : je le chargeai d'observer soigneu-
sement, aux environs du logis de la Beauval, un jeune homme que je lui dépeignis
être tel que Vépry, de le suivre dès qu'il
l'en verroit sortir, & de l'engager à se rendre à l'auberge où on l'attendoit. Il vint le
soir me dire qu'il avoit vu sortir le jeune homme, mais qu'il n'avoit pu lui parler, parce

qu'il donnoit le bras à mademoiselle Beauval, avec laquelle il étoit rentré. Je lui
ordonnai de revenir le jour suivant, & lui
donnai un écu pour l'engager à être exact :
je n'avois garde de soupçonner le cruel embarras dans lequel je me plongeois moi-même. Vers les dix heures du soir j'entendis en
bas quèlqu'émeute, je fis monter une Ser-
vante, qui m'aprit qu'on avoit voulu assassi-
ner un homme dans le quartier : cette nouvelle, qui par elle-même n'avoit rien d'in-
téressant pour moi, m'effraya cependant ;
je me couchai avec toute l'impatience pos-
sib'e d'être au moment de pouvoir joindre
Vépry. Ayant le lendemain matin demandé qu'on me fît monter mon commission-
naire, on me dit qu'il étoit en prison, &
qu'il avoit été arrêté la nuit par la patrouille. Fâchée de ce contre-tems, je pris le parti d'attendre jusqu'au soir ; mais ne pouvant, vers les deux heures, résister à mon
impatience, je descendis en bas, où je
donnois déjà ordre qu'on m'en trouvât un
autre, lorsque je vis entrer le Lieutenant
de la Maréchaussée, suivi de quatre hommes, qui, m'ayant demandé mon nom, me
signifia que j'eusse à le suivre. Quel moment !
plus saisie qu'effrayée je tombai de mon
haut ; la premiere réflexion cependant me
rassura : tout bien examiné, je me persuadai
que c'étoit quelque méprise. On me fit

entrer dans une chaise à porteurs qui m'attendoit à la porte , & l'on me conduisit en prison.

Quelque peu de sujet que j'eusse de m'alarmer , j'y passai le reste de la journée dans un état pitoyable. J'apris enfin le lendemain le sujet de ma détention ; il n'étoit question de rien moins que d'avoir attiré du monde pour faire un mauvais parti à Vépry ; car c'étoit lui qui avoit été fort maltraité la veille ; & effectivement le Diable & ses lieutenans n'auroient pu machiner rien de plus propre à me faire inquiéter , que les fâcheuses conjonctures dans lesquelles je me trouvois alors. Le nommé Simon, dont je m'étois servi pour épier Vépry, avoit un frere qui étoit Soldat de Galere ; il étoit arrivé le même jour de Marseille avec deux mauvais garnemens comme lui : mon écu avoit servi à les faire enivrer, & au sortir de la taverne on avoit rencontré Vépry , sur lequel on étoit d'abord tombé sans trop savoir pourquoi. La patrouille étant arrivée au bruit de cette expédition, on avoit arrêté les deux freres ; & ce qui aggravoit le cas , les autres s'étoient sauvés avec le chapeau & l'épée du blessé. L'état dans lequel on l'avoit raporté chez la Beauval lui fit naître des soupçons, qu'elle tourna bientôt en certitude : son Domestique l'ayant assurée avoir vu toute la journée roder autour

de la maison un garçon dont on se servoit
pour faire les commissions à la Croix de Mal-
te, qui étoit l'enseigne de mon auberge,
elle y envoya faire quelques perquisitions
qui ne la laisserent plus douter de rien. Sans
perdre de tems elle me dénonça en Justice comme auteur de l'assassinat qu'on avoit
voulu exécuter, & c'étoit sur sa déposition
que j'avois été arrêtée. Triste nécessité que
d'être réduite à se justifier de ce qui nous
fait au contraire répandre des larmes ! Oui
j'étois plus inquiete pour Vépry que pour
moi-même : quelles affreuses réflexions cependant n'eus-je point à faire, lorsque je
me considérai sans parens, sans amis,
sans consolation, livrée aux horreurs d'une
prison ; innocente à la vérité, mais exposée à l'effet de quelques malicieuses aparences qui prononçoient contre moi, & sur
lesquelles le tems & de longues informa-
tions pouvoient seules me justifier ! Car enfin, quoique dans la déposition du nommé
Simon il ne fut question que de la com-
mission que je lui avois donnée d'amener
le jeune homme que je l'avois chargé d'é-
pier, il ne s'ensuivoit pas pour cela que je
n'eusse pu, à son insu, attirer pour faire le
coup les deux autres qui avoient disparu,
& qui malheureusement pour moi ne se
retrouvoient plus. Je subis plusieurs in-
terrogatoires, & fus confrontée avec les deux

prisonniers : j'éprouvai enfin toutes les horreurs auxquelles expose ordinairement l'état
le plus malheureux de tous, qui, selon moi,
est celui des criminels. Que de larmes ! que
d'afliction ! que de douleurs ! d'autant plus
difficiles à suporter que j'y avois moins
jusqu'alors été exercée ! Quelle affreuse
réduction pour une jeune personne qui avoit
toujours joui des avantages attachés à la vie
d'une jolie femme ! Un malheur ne va jamais sans un autre ; deux jours après avoir
été arrêtée, M. Morand se rendit promptement à Aix pour me donner avis de quelques bruits sourds qui avoient transpiré sur
le compte du Banquier chez lequel j'avois
placé mon argent : il aprit mon aventure
avec autant de surprise que de chagrin, &
retourna à Marseille sans pouvoir me parler.
Il étoit encore tems de profiter de son avis,
si je l'eusse pu recevoir, car la faillite n'arriva que cinq jours après ; j'aurois pu prendre des précautions pour sauver mes deniers
de cette malheureuse banqueroute, que j'apris
au fort de mes chagrins, & qui, comme on
peut bien le croire, ne contribua pas à les
adoucir. Il y avoit près de trois mois que
j'étois en prison, où je menois une vie lan-
guissante, quoique beaucoup moins gênée
que dans le commencement, lorsqu'on m'assura qu'un des deux coquins en question
avoit été arrêté pour vol à Lambesc ; cette

nouvelle

nouvelle me donna un rayon d'espérance ;
je commençai à me flatter de me voir entiérement justifiée : néanmoins les longueurs
qu'il falloit essuyer encore me firent faire
une tentative que j'aurois hazardée bien plutôt, si j'avois soupçonné qu'elle dût si bien
réussir. Le fils du Geolier, libertin de pro-
fession, que j'avois eu occasion de voir quelquefois, m'avoit semblé se dépouiller en
ma faveur de la férocité ordinaire aux gens
de son état : je profitai des dispositions dans
lesquelles il me parut, je lui peignis l'ennui
auquel je succombois dans la prison, tel que,
malgré toute l'apparence qu'il y avoit que
j'en dusse bientôt sortir, je compterois volontiers mille écus à qui faciliteroit mon
évasion. Ce n'étoit guere prudemment rai-
sonner de chercher à m'échapper au moment
que je voyois approcher une entiere justifica-
tion, que ma fuite sembloit devoir rendre
douteuse : quoi qu'il en soit, je m'y déterminai. Je changeois à vue d'œil, je ne respi-
rois qu'après un prompt rétablissement, &
une entiere liberté. Je m'imaginai d'ailleurs
que la déposition du criminel nouvellement
arrêté ne laisseroit plus de doute sur mon
compte, & ayant trouvé mon homme sen-
sible à mes offres, je pris de justes mesures
pour me faire promptement venir l'argent
dont j'étois convenue pour mon évasion.
Heureusement pour moi que la veille de

mon départ de Marseille, n'étant point sûre
du Domestique que je laissois à la maison,
j'avois remis à M. Morand la meilleure partie de ce qui me restoit en bijoux & en argent, au moyen de quoi je retrouvois une
petite ressource, dont j'aurois infailliblement
ment été privée, si le tout eût été chez moi
lorsque la Justice s'y transporta. J'écrivis à
M. Morand de vendre ce qui étoit entre
ses mains, de m'envoyer trois mille livres
à Aix, & le reste à Avignon, où je comptois me refugier. Je n'eus pas plutôt fait voir
les especes à mon Geolier, que, de peur
qu'il ne me prit envie de changer d'avis, il
accéléra, à mon grand contentement, les
moyens de me procurer ma liberté. Je n'eus
pas besoin de lui recommander beaucoup
les précautions nécessaires pour me faire gagner le large, il étoit lui-même assez inté-
ressé à ce qu'on ne me rejoignît pas. Et
ayant fait par un tiers préparer une chaise
de poste, qui m'attendoit aux portes de la
Ville, j'y montai déguisée en Abbé, &
n'en descendis qu'à Avignon. J'y respirai
enfin ; & la vue délivrée de tous les objets
sinistres qui m'environnoient depuis trois
mois, je goûtai le prix inestimable de la
liberté : je m'applaudis autant d'être échapée
des mains de la Justice que si j'avois été
dans le cas d'en craindre la sévérité. Cette
malheureuse catastrophe me coûta cher ; je

pris néanmoins mon parti, & me rendant
à la néceffité des événements, je tirai ma
confolation de mon malheur même, qui
m'apprit que les plus honnêtes gens n'étoient
point à l'abri des plus grandes infortunes :
je penfai qu'il auroit encore pu m'arriver pis.

La dure fituation dans laquelle je m'étois
trouvée réduite par l'ingratitude d'un jeune
homme que j'avois tant aimé, & qui m'avoit
tant d'obligations, m'avoit bien guéri le
cœur : je me trouvois entiérement détachée
de Vépry. Senfible à fon accident, j'en
avois verfé des larmes au moment même
qu'il falloit m'en juftifier ; mais il m'étoit
devenu tout-à-fait indifférent. Six jours après
être arrivée je reçus pour cinq mille livres
de lettres de change que m'adreffa M. Morand : c'étoit le produit de mes effets, &
l'unique refte de ma petite fortune, à laquelle il falloit encore faire une furieufe bre-
che, car je ne pouvois me difpenfer de pourvoir aux nouveaux befoins d'une garde-robe :
il n'étoit plus queftion de penfer à mes effets
de Marfeille, & je ne voulois pas garder
plus long-tems l'uniforme fous lequel je
m'étois expatriée, & qui m'avoit, dès le fecond jour de mon arrivée, jetté dans un embarras affez comique. Certaine vieille femme logée dans la maifon où j'avois loué une
chambre garnie, s'étant avifée de fe trouver mal dans ce monde, & fuppliant qu'on

l'aidât à passer dans l'autre, mon Hôtesse, accompagnée de quelques commeres, vint me représenter la nécessité de remplir auprès de la moribonde quelques fonctions de mon ministere ; mais occupée de ma métamorphose, & de la bonne figure que j'aurois à exhorter cette vieille ame au voyage qu'elle étoit sur le point d'entreprendre, j'eus l'imprudence de rire & de fermer la porte au nez de la troupe qu'un saint zele m'avoit députée : au lieu de chercher quelqu'un de plus complaisant que moi, on s'amusa à m'invectiver & à me chanter des litanies, dont il fallut que la pauvre agonisante s'accommodât faute de mieux. A peine fut-elle morte qu'on clabauda de nouveau : de sorte que, craignant quelqu'éclaircissement fâcheux, je quittai ma chambre sans mot dire, & m'en allai en louer une autre part.

N'ayant pas long-tems à rester à Avignon, je ne me fis faire simplement que le nécessaire : outre que je ne voulois pas me charger d'effets, toujours embarrassants dans un voyage, j'avois à ménager mes fonds jusqu'à Paris, où j'avois résolu de me rendre, & où je serois plus à portée de trouver des ressources, & à même de faire des emplettes. M. Morand, que j'avois prié de me mander ce qui se passoit à Aix, m'écrivit que ma fuite avoit fait du bruit, & donné lieu les premiers jours à des conjectures

défavantageufes ; mais que les dépofitions
de celui qu'on avoit arrêté en dernier lieu
ne faifoient aucune mention de moi. J'aurois
bien défiré attendre à Avignon la fin de cette affaire ; mais craignant qu'elle ne traînât
encore du tems, je me déterminai à partir
pour Paris, fous mon premier nom de Julie.
Je me mis en route avec d'autant plus de
confiance, que j'appris, trois jours avant mon
départ, que le nommé Simon avoit été
élargi. Une chaife me mena jufqu'à
Lyon, où je pris la diligence, dans laquelle
il fe trouva fort bonne compagnie. Nous
n'étions que fix, & notre voyage fe trouva
auffi inftructif qu'amufant, par les fréquen-
tes difputes qui s'éleverent fur différentes
matieres, entre un nouvel échapé des bancs,
encore hériffé des termes de l'école, & un
homme de fort bon fens, dont les opinions
étoient d'autant plus féduifantes qu'il les
expofoit avec tout l'art néceffaire pour les
faire recevoir. Nous fûmes en cinq jours
de tems rendus à Paris, fans autre accident
que celui de la fatigue inévitable à gens fort
cahotés, auxquels on n'a pas laiffé le tems
de dormir. Defcendue de la diligence je
retirai ma malle, pris un fiacre & me fis
mener rue des deux Ecus, à l'hôtel de Carignan, que l'on m'avoit indiqué. Le lendemain il ne fut pas plutôt jour que j'allai
faire des emplettes : je ne m'étois fait faire

à Avignon rien que de fort fuccinct ; mais
je n'eus plus à Paris la même complaifance
pour la modicité de ma bourfe : il fallut me
fatisfaire fur tous les brimborions d'une femme à fantaifie ; il ne me reftoit pourtant plus
guere de mon état paffé qu'une grande facilité à dépenfer ce qui auroit encore pu quelque-tems fubvenir à mon néceffaire. Il me fut
enfin impoffible de raifonner prudemment :
l'air & le train de Paris m'infpiroient encore
plus que jamais cette vanité , à laquelle je
n'avois déjà été que trop accoutumée ; j'em-
ployai les ouvrieres , j'occupai les Mar-
chandes de modes ; & fans m'embarraffer
de l'avenir , j'accordai tout au préfent. Dé-
gagée des premiers foins de ma parure , je
me rendis un foir dans la rue du Chantre ,
j'y achetai quelques fruits à une vieille femme, à laquelle je demandai, fans affectation,
le nom des locataires qui occupoient la
maifon que je lui défignai , & qui étoit celle
où j'avois demeuré avec la Château-Neuf.
Pouvois-je mieux m'adreffer pour en entendre plus que je ne voulois ? La bonne femme étoit intariffable : elle m'apprit , fans fe
donner le temps de refpirer , les noms , fur-
noms & facultés des gens de la maifon ;
ajouta qu'anciennement il y avoit demeuré
deux vieilles femmes qui ne valoient pas
grand chofe ; qu'on leur avoit enlevé , deux
ans auparavant que l'une des deux mourût ,

qui étoit la Daigremont, une niece qui faifoit bravement venir l'eau au moulin ; que
c'étoit une petite gueufe qui avoit commen-
cé le métier de bonne heure ; que fi elle avoit
voulu s'en tenir à un gros Monfieur qui lui
faifoit cent fois plus de bien qu'elle ne méritoit, elle auroit été plus heureufe qu'une
petite Reine ; que M. Poupard étoit un honnête homme, qu'elle le favoit bien, puifque fon mari étoit depuis douze ans fro-
teur dans la maifon ; mais que la petite coquine s'étoit fait enlever par fon neveu, qui
l'avoit, comme c'eft la coutume, plantée-là
pour en prendre une autre ; que c'étoit bien
fait : réflexion à laquelle il me fallut bon gré
malgré aplaudir ; que depuis ce tems-là
l'oncle & le neveu ne pouvoient fe fouffrir.
Je lui demandai, fans faire femblant de rien,
quelques éclairciffemens fur ce neveu, elle
me répondit que fieur Valerie, dont le pere
étoit mort depuis deux ans, étoit fort riche ;
qu'il jouiffoit de fon bien ; qu'il demeuroit
rue du Colombier, fauxbourg S. Germain ;
qu'il ne vouloit point fe marier, mais qu'il
avoit toujours quelque guenuche avec lui.
Je remerciai ma gazette, la payai large-
ment, & m'en revins chez moi réfléchir à
ce que je venois d'entendre.

L'opulence de fieur Valerie m'infpira quelque retour pour lui : perfuadée qu'il m'avoit
fimplement oubliée, fans avoir apris ce que

j'avois tant d'intérêt de lui cacher, c'eſt-à-
dire la trahiſon que j'avois concertée avec
Bellegrade, je ne m'occupai plus que de la
foible difficulté de débuſquer une rivale,
ſur laquelle une ancienne paſſion me pro-
mettoit de grands avantages. Mon projet
n'écouta plus de ménagement dans la parure, & je ſubſtituai au brillant qu'il ne
m'étoit pas poſſible de répandre dans mon
ajuſtement, toute la fineſſe & l'élégance du
goût le plus recherché.

Je pris de vaines meſures pour connoître
la maîtreſſe de ſieur Valerie, ſur le mérite de
laquelle j'étois fort inquiete ; ma fruitiere
n'avoit pu rien découvrir : j'avois inutilement fait ſuivre & ſuivi pluſieurs fois moi-
même d'ans un fiacre le carroſſe de ſieur Valerie, toutes mes recherches avoient été
inutiles. Il ne me reſtoit plus qu'un expé-
dient dont j'uſai, & qui me donna de cruelles lumieres ſur ce que je cherchois avec
tant d'empreſſement. Après m'être flattée
des plus douces eſpérances, un coup d'œil
les fit évanouir, & je me trouvai tout d'un
coup dans le cas de ceux qui ſe réveillent
ſur un beau ſonge.

Certains jours de la ſemaine ſont conſa-
crés dans Paris aux différens théatres ; tout
le beau monde eſt exact à s'y réunir : l'Ac-
teur, la piece, le Spectateur, tout contri-
bue ces jours de choix à brillanter le ſpecta-
cle,

cle ; il eſt du bel air d'y aſſiſter, c'eſt l'éti-
quette : ainſi je m'imaginai que j'y pourrois
rencontrer nos amans. La difficulté étoit de
m'y préſenter : une femme ſeule ſe fait trop
remarquer ; je n'avois point de connoiſſance,
j'engageai mon hôteſſe à me tenir compagnie. C'étoit un lundi, nous nous fîmes
mener aux Français : nous fûmes obligées,
faute d'autres places, de monter aux ſecon-
des, où une demi-heure après je reçus le
coup de la mort. Munie d'une lorgnette,
j'examinois toutes les loges ; diſſipée même
par le brillant dont elles étoient remplies,
j'en admirois le coup d'œil, lorſque le bruit
qu'on fit en ouvrant la troiſieme des pre-
mieres, qui faiſoit face à la nôtre, me retira
de ma diſtraction. Tout le cercle fixe déjà
une curieuſe attention ſur ce qui va paroître :
quel moment ! je vois entrer Sʳ Valerie de
côté, dans l'attitude d'un homme qui pré-
ſente la main à quelqu'un qui le ſuit. Je
m'avance, je m'impatiente, mes regards
avides cherchent, dévorent & tombent
enfin ſur la Valcourt, qui, d'un air triom-
phant, ſe prête à peine aux attentions qu'on
a pour elle. Que la jalouſie nous rend in-
juſtes ! quel ſujet avois-je de me plaindre ?
mon procédé ne l'avoit-il pas dégagé des
ſermens qu'il m'avoit faits de n'aimer jamais que moi ? Que n'eus-je cependant
point en ce moment ſacrifié à ma vengean-

ce ? que la Valcourt me parut odieufe ! que
ne m'en coûta-t-il point pour être témoin de
leur amour ! Rien n'échape à la pénétration
d'une rivale ; le moindre mot, le moindre
figne me perçoit le cœur. C'en eft donc fait,
me dis-je en moi-même ? il n'eft plus pour
moi d'efpoir ; car il n'étoit pas douteux que
la Valcourt ne fe fût établie fur ma ruine,
& qu'elle n'eût, pour y mieux réuffir, informé Sᵉ Valerie de mon intrigue avec Bellegrade ; qu'elle ne l'eût encore furchargée de par-
ticularités propres à me rendre odieufe. C'eft
ce que me prouva bien la fuite ; elle abufa de
mon fecret pour effacer les moindres impreffions qui auroient pu lui refter en ma faveur.

Le fpectacle fini, nous nous fîmes ramener chez nous, où je feignis quelqu'indifpofition pour être feule, & me fouftraire
aux ennuyeufes differtations de mon hôteffe, qui me jaroit avec une piété angéli-
que, qu'on ne donneroit jamais à Phedre
l'abfolution de fon fcandaleux apétit pour
Hypolite.

Que ne devins-je point lorfque, revenue
de cette frénéfie qui m'avoit tant agitée, je
pus réfléchir paifiblement fur ce qui venoit
de fe paffer ! quelle trifte comparaifon de
mon état à celui des deux objets qui me dé-
chiroient le cœur ! Hélas ! ils font heureux,
m'écriai-je ! Quelle fut ma douleur, lorfqu'au
fortir de cette affemblée brillante, où tout

inspiroit le plaisir & réveilloit les passions ,
je me considérai seule , abattue dans un
coin de ma chambre , pleurant sur mon infortune , regrettant le passé , gémissant sur
le présent , & n'espérant plus rien de l'avenir ! Ces cruelles réflexions me jetterent jusqu'à deux heures après minuit dans une
espece d'anéantissement , dont je ne sortis
que pour me mettre au lit , où mon imagination s'exerça encore de nouveau. La vanité ,
la jalousie me représenterent Sᵉ Valerie tel
que je l'avois trouvé la premiere fois ; je ne
pouvois concevoir qu'il eût pu me devenir indifférent à Bordeaux : il me parut
charmant , & la Valcourt dangereuse. Ce
n'étoit pas que je ne sentisse ma supériorité :
la présomption ne nous aveugla jamais à notre désavantage ; mais comment me présen-
ter à Sᵉ Valerie ? comment espérer de rallumer ses premiers feux , après l'avoir indi-
gnement sacrifié ? Je ne pouvois m'attendre
qu'à en être méprisée.

Ayant long-tems été incertaine sur le
parti que je prendrois , je me déterminai à
lui écrire. La conjoncture étoit assez embar-
rassante ; je ne lui avois point donné de mes
nouvelles depuis notre séparation. M. Démery m'avoit vraisemblablement caché celles qui avoient été adressées au sieur Hou-
blot dans le commencement.

» Vous ferez fans doute furpris, Mon-
» fieur, que je vous faffe reffouvenir de
» quelqu'un que vous n'auriez pas dû fi fa-
» cilement oublier. Je ne fais fi j'ai vrai-
» ment lieu de me plaindre de votre filence.
» Que font devenus ces fermens réitérés,
» qui devoient être les garans de votre
» conftance ? Seroit-il bien vrai que.....
» Mais non, je n'ai pu me perfuader cer-
» tains bruits fur votre compte, qui font ve-
» nus jufqu'à moi; quoiqu'au refte vous ne
» m'en feriez pas moins cher que vous avez
» toujours été. Pour peu que vous vous in-
» téreffiez à ce qui me regarde, ne tardez
» pas à me défabufer : je tremble que vous
» ne le puiffiez faire. JULIE. «

Je lui envoyai cette lettre par un Domeftique, qui me la raporta, une demi-
heure après, recachetée. Je l'ouvris & y lus
les quatre mots fuivans, qu'il avoit écrits au
dos en réponfe.

» Je vous paffe, ma chere Julie, d'avoir
» joué cette tentative auprès de moi, dans
» la fotte idée où vous êtes que j'ignore la
» baffeffe de votre conduite à mon égard :
» je vous méprife trop pour en garder aucun
» reffentiment contre vous. Il vous faut des
» Bellegrade ; profitez de leurs leçons, &

» vous pouvez. Pour vous convaincre que
» je fuis bien informé, je vous avertis que
» vous n'êtes pas plus heureufe au choix de
» vos amies que de vos amans. «

Toute affligeante qu'étoit cette réponfe,
à laquelle il n'avoit pas daigné mettre de fi-
gnature, j'y fus comme infenfible : je m'y
attendois. Je ne regardai plus qu'avec trifteffe ces vains ajuftemens, fur lefquels j'a-
vois fi bien fondé l'efpérance de le ramener
dans mes fers. Je tombai dans une mélancolie, dont au bout de quelques-tems je m'a-
perçus que les effets me priveroient des
dernieres reffources. Je me donnai quelquefois la trifte fatisfaction d'être, à différens
fpectacles, l'envieux témoin de leur union,
fans pouvoir m'y accoutumer. Je n'imagi-
nois pour lors rien au-deffus du plaifir que
j'aurois eu à les braver à mon tour ; mais
inutiles défirs ! il faut des occafions ; les
plus jolies filles ne font pas toujours celles
qui les trouvent : une libertine à la mode
fait la loi dans Paris, lorfque cent beautés raifonnables font obligées de la recevoir.
Que j'enviai votre fort, femmes à talens,
dont le mérite a le don de vous faire recher-
cher ! Vous poffédez l'aimant des cœurs.

Craignant férieufement que l'altération
qui fe remarquoit déjà fur mon vifage n'em-
pirât, je mis tout en ufage pour me diffi-

per ; je fis quelques connoiffances, je jouai, je danfai, je courus les plaifirs, & effectivement le peu de tems que j'accordai à mes réflexions me remit tout-à-fait : mais ce ne fut qu'un calme paffager, que je payai bien cher après. Les deux excès du trop & du manque de réflexion font quelquefois auffi dangereux l'un que l'autre. Je m'aperçus comme par furprife, trois mois après m'être bien amufée, que je n'avois plus d'argent : je commençois à me faire aux événemens, cela ne m'affligea pas autrement. Je n'y fongeai qu'autant de tems qu'il en fallut pour trouver les moyens de faire face à trois femaines de Carnaval, qu'il étoit queftion d'achever honorablement. Je me défis de quelques effets, & allai mon train comme à l'ordinaire : bien loin de tirer parti des compagnies dans lefquelles j'aurois pu trouver l'occafion de quelqu'intrigue avantageufe, je me bornai à m'entendre dire que j'étois adorable, & n'écoutant que mon penchant pour les jeunes gens aimables, je négligeai toutes les reffources qui pouvoient me raprocher de mon premier deffein. Je ne m'étois jamais trouvée au bal de l'Opéra, que je ne me fuffe aperçue qu'on me remarquât ; mais je manquois toujours ce qu'on apelle le coup de maître. Pour déterminer le goût il faut que le *je ne fais quoi* feconde les impreffions d'une

jolie figure : c'eft le grand art de la coquet-
terie , auquel on ne parvient que par les
avis , l'ufage & l'étude de foi-même. Il eft
plus difficile qu'on ne penfe de faire entendre à un homme qui vous regarde volup-
tueufement , qu'on s'en aperçoit , qu'on y
prend plaifir , qu'il ne fe gêne pas , qu'il eft à
même , qu'il ne voit encore rien ; & tout
cela d'un coup d'œil.

Quelle confommation ne faut-il point
pour marier avec grace tous ces petits
riens , qui expofent , pour ainfi dire, dans
le premier aperçu ces beautés de détail ,
dont la plus grande partie échaperoit fans
cela à la plus fubtile pénétration ! C'eft une
petite impatience , figne de vivacité, qui
précede un éclat de rire , dans lequel une
belle denture releve l'éclat d'une levre ver-
meille ; c'eft une main diftraite qu'on apro-
che d'un fourcil, pour en laiffer remarquer
la forme & la blancheur ; c'eft une manchet-
te dont on montre le défordre pour expofer
un beau bras ; une gorge qu'on découvre à
propos pour en laiffer voir la rondeur & l'é-
lafticité ; c'eft une efpece de faux pas qui attire l'attention fur un petit pied bien tourné ,
qu'on a grand foin de raffermir en relevant
imperceptiblement une jupe qui cache une
jambe fine & bien coupée ; quelque légers
mouvemens enfin pour déveloper un air no-
ble & aifé. Tout ce manege exige beau-

coup de graces & de naturel , que l'on n'ac-
quiert que par une longue habitude. Une
fois en place j'étois bien ; mais je n'avois
pas l'art de me produire.

La fin du Carnaval amena enfin celle de
mes nouveaux fonds , fans qu'il y eût aucune aparence de changement dans ma fortune. Mon Hôteffe , à laquelle je n'avois point
jufqu'alors donné d'argent , me harcela ; il
fallut encore vendre ; je perdis moitié ; je fa-
tisfis mes créanciers : & m'apercevant qu'on
me regardoit déjà avec cette compaffion
infultante qu'on a pour ceux qui font obligés de s'exécuter, je quittai l'hôtel Carignan, & j'allai, pour me dépaïfer, loger
rue Mazarine , où je louai un petit cabinet
au troifieme étage, chez une vieille femme
qui m'aprêta à manger. Je me retirai tout
d'un coup des compagnies avec lefquelles je
m'étois ruinée inutilement. Outre que je ne
pouvois plus faire la même dépenfe, j'avois
beaucoup retranché de mon ajuftement.

Le nouvel ordre que je mis dans ma conduite, l'unique fociété de la Remy (c'étoit
le nom de mon hôteffe) & mes réflexions fé-
rieufes fur les befoins & la mifere dans laquelle j'allois tomber, me firent bientôt rentrer
dans la mélancolie d'où la diffipation m'avoit
arrachée. Ne pouvant plus me réfoudre à vendre pour fubvenir à mon néceffaire , je mis
en gage ; mais après m'être écrafée en in-

térêts, il fallut toujours y venir : je ne réfer-
vai que très-peu de chofe. Il y avoit déjà
quatre mois que je languiffois dans mon en-
nuyeux réduit, avec ma vieille hôteffe, lorfque je tombai malade ; la force du tempérament céda à l'épuifement dans lequel me jetterent les chagrins & la douleur de me voir
dans la derniere néceffité. Toutes les idées
affligeantes qui avoient été quelque-rems fuf-
pendues, fe repréfenterent plus que jamais à
mon imagination ; je ne pouvois digérer celle
de me voir à charge à autrui. J'éprouvai
que c'eft un foible foulagement que de regarder fes malheurs comme inévitables. Vo-
lée, trahie, trompée, victime de toutes les
circonftances, la fortune avoit toujours paru me retirer d'une main ce qu'elle m'avoit
donné de l'autre. Je ne pouvois me figurer
dans ma mifere, réduite à la fociété de la
Remy, être cette même fille que l'opulence, les aifes & les amufemens les plus
variés pouvoient à peine autrefois fatisfaire. Quelles affreufes nuits ne paffé-je point
dans les regrets, fur l'argent que j'avois dif-
fipé & confié légérement ! Je ne pouvois
concevoir le peu de profit que j'avois tiré
de la leçon de Bellegrade. Mon miroir, fur
lequel je jettois quelquefois les yeux, ache-
va de me défefpérer : mes larmes faifoient
mon unique refource. Vingt fois je fus fur
le point d'intéreffer la générofité de S^r V₂-

lerie, pour me faciliter une retraite dans quelque cloître ; mais un refte de fierté , fupérieur à mes malheurs, me rapelloit la cruelle réponfe à ma lettre. Non, fouffrons, me difois-je à moi-même : ils ne jouiront pas de mes peines. Ma maladie, qui n'étoit d'abord qu'une fievre lente, devint férieufe par le refus obftiné que je fis d'y aporter remede : mon chagrin m'avoit familiarifée avec les idées d'une fin prochaine ; la crainte de la mort, dont j'étois autrefois fi effrayée, s'étoit évanouie ; je ne me la repréfentois plus que comme le terme de mes douleurs. Lorfque je fus cependant accablée par le mal , on fit de moi ce qu'on voulut : après avoir été faignée quatre fois, j'eus un tranfport des plus violens , dans lequel la Remy eut toutes les peines du monde à empêcher que je ne me jettaffe par la fenêtre. Comme il étoit minuit fonné, elle apella, dans fon effroi, un nommé Gerbo, qui occupoit un mauvais cabinet au-deffus du mien , & le pria pour Dieu de l'aider à me tenir dans la chaleur de l'accès. Ce petit fervice lui valut un éclairciffement fur l'origine de ma maladie, & la difficulté de me procurer les foulagemens néceffaires à une prompte guérifon. Ce M. Gerbo, dont je n'ai pas encore eu occafion de parler, qui étoit un homme d'environ trente-fix ans , qui vivoit en foli-

taire au milieu de Paris, retiré continuel-
lement dans son grenier, il y étoit comme
inaccessible ; je ne l'avois pas encore rencontré depuis quatre mois que je logeois
dans la maison : mal à son aise d'ailleurs,
cela n'empêcha pas qu'après le récit de la
vieille, pendant lequel il avoit eu le tems
de m'examiner, & de me voir assoupir, il
ne lui donnât deux louis avant de se retirer, en disant qu'il étoit bien fâché de se
faire une ennemie de cette jeune personne ;
mais qu'il ne pouvoit s'empêcher de la sou-
lager. Je dormis cinq heures entieres, après
lesquelles je me trouvai d'autant plus foible que la fievre avoit beaucoup diminué,
& que ma diete n'avoit été soutenue que
par fort peu de bouillon.

Mon Hôtesse, transportée de joie,
m'ayant vu réveillée, vint me dire de prendre courage, que la Providence m'avoit
envoyé deux louis pendant mon sommeil.
Je ne lui eus pas plutôt demandé la clef de
cette énigme, qu'elle me conta simplement
la chose comme elle étoit. Je ne m'étois
jusques-là pas plus embarrassée de M. Gerbo que des autres locataires ; mais le portrait extraordinaire qu'elle m'en fit, joint à
cette façon singuliere d'obliger, me donna
une extrême envie de le connoître, & de
lui témoigner d'autant plus de reconnoissance, qu'elle m'assura le savoir indigent. Je

l'envoyai prier de vouloir bien defcendre un inftant ; mais il le refufa par trois fois, ce que je ne me ferois jamais imaginé ; car enfin, étoit-ce groffiéreté ou délicateffe ?

Soit force de tempérament ou effet des remedes, je repris en peu de jours le deffus : la fievre me quitta entiérement, & il ne me refta que beaucoup de foibleffe & grand apétit.

Plus je fentis de quelle utilité m'avoit été l'argent de mon bienfaicteur, plus je me trouvai d'impatience de lui avouer ma gratitude. Le procédé de cet homme me parut auffi extraordinaire qu'humain & délicat : je ne pouvois même me perfuader qu'il ne fût de quelqu'un en état, dont la bizarrerie affichoit fauffement l'indigence ; mais je fus bien détrompée ; car m'étant, dès que je pus me foutenir, trainée à fon cabinet, je n'y vis rien qui n'annonçât fes befoins. La porte, qui n'étoit fans doute que pouffée, s'ouvrit au moindre mouvement que je fis pour y fraper ; j'entrai & reconnus, au portrait de l'hôteffe, mon homme endormi fur une efpece de lit, auprès duquel je vis les débris d'un plus que frugal repas, qu'il venoit fans doute de prendre, & qui confiftoit en un pain bis & une carafe d'eau. Deux mauvaifes chaifes de paille & une table compofoient tout fon meuble. Cet état me ferra le cœur. Un apareil auffi indigent donnoit

un prix infini à fa générofité. Il me reftoit
encore un louis, que, malgré la néceffité
où j'étois, je me faifois un plaifir inoui de
lui remettre. Quel effet ne produifent point
en nous les vertus ! J'admirois cet homme
dans fa mifere ; il m'infpiroit un vrai refpect :
je le trouvois plus grand que tous ceux dont
le fafte & le brillant m'avoient tant éblouie.
Craignant de ne plus retrouver une fi belle
occafion de lui parler, & ne voulant cependant point interrompre fon fommeil, je
pris le parti de m'affeoir & d'attendre conf-
tamment qu'il fe réveillât. Cœurs ingrats,
qui rougiffez d'un bienfait, vous ignorez
donc le prix de la reconnoiffance ! pour moi
j'attendois avec une délicieufe émotion le
moment de déployer la mienne : oui, mes
larmes, au défaut de l'expreffion, la lui
euffent caractérifée.

Il n'y avoit guere plus d'une demi-heure
que je réfléchiffois fur ce genre de vie foli-
taire, lorfqu'il fe retourna de mon côté,
avec moins de furprife que d'attention à
examiner s'il ne fe trompoit pas. Je vis un
homme pâle & abattu, dont les traits, affez
réguliers, paroiffoient altérés par une longue habitude de trifteffe & d'ennui. Vous
m'excuferez, Monfieur, lui dis-je, fi je fuis
venue auffi librement vous furprendre, lorfque vous paroiffez avoir tant de répugnance
pour la fociété ; mais j'aurois cru vous man-

quer si je n'euſſe employé à vous témoigner
ma ſenſibilité le rétabliſſement de mes forces,
que je ne dois qu'à votre généroſité : la meilleure preuve que je puiſſe vous donner de
ma reconnoiſſnnce, eſt de n'uſer qu'avec
diſcrétion du ſoulagement que vous avez
bien voulu me procurer. Souffrez, Monſieur, que je vous remette la moitié de
l'argent que vous.... C'eſt ſans doute une
mépriſe, en m'interrompant, me dit-il,
Mademoiſelle ; je ne ſais de quoi il eſt
queſtion : je ſerois effectivement flatté de
pouvoir vous obliger ; mais des déſirs auſſi
ſtériles que les miens ſont d'une pauvre reſ-
ſource : je profiterois avec plaiſir de votre
compagnie ſi la mienne étoit plus amuſan-
te, & ſi l'endroit étoit propre à vous recevoir. Quelques inſtances que je lui fiſſe pour
l'engager à recevoir l'argent que j'avois voulu lui rendre, il s'y opoſa toujours, en niant
qu'il vînt de lui. Je ne voulus point le gêner
davantage, & me retirai en lui faiſant tous
les remerciemens que ſa délicateſſe vouloit
éluder. Je ne m'étois juſqu'alors attachée
aux hommes que par amour ou par intérêt ;
mais j'eus pour celui-ci un goût d'eſtime pro-
portionné à la nobleſſe de ſon procédé. Je
penſois intérieurement qu'un homme d'un
pareil caractere devoit avoir de grandes
qualités : j'aurois déſiré le connoître particuliérement ; mais tous mes efforts pour

le rejoindre jufqu'alors furent inutiles.

Quelque détachement que j'euffe pour la vie, je trouvai pourtant quelque confolation à recouvrer la fanté. Mon embonpoint revenoit à vue d'œil, & me faifoit efpérer qu'après avoir payé ce petit tribut à la douleur, je reviendrois telle que j'étois auparavant. Croyant mes forces affez rétablies, je voulus me hazarder à fortir; mais je n'eus pas fait dix pas, qu'il m'arriva un accident dont les fuites aporterent en moins d'un mois bien du changement dans ma fituation. Loin de prévenir l'effet du grand air, qui m'avoit furpris d'abord, je pourfuivis mon chemin, & tournant avec trop de précipitation le coin de la rue, je me trouvai embarraffée entre une borne & un carroffe qui ferroit le mur de trop près. Je n'eus que le tems de crier, & de reconnoître Sʳ Valerie qui étoit dedans. La furprife & la peur me faifirent, le pied me gliffa, & je tombai fous la roue, plus morte que vive. Le cocher arrêta heureufement fes chevaux, le monde s'amaffa; on me retira de deffous le carroffe avec une petite contufion à la tête, & l'on me porta, pour me raffurer, dans la boutique d'un Epicier, qui étoit la plus proche. J'y fus bientôt affaillie d'une infinité de bonnes gens, qui croyant me foulager, m'affaffinoient de queftions. Je diftinguai, parmi ceux qui étoient autour de moi, une femme d'un cer-

tain âge, affez bien mife, qui me regardoit avec toute l'attention poffible : elle me
demanda où je demeurois, & m'offrit de me
reconduire lorfque je ferois tout-à-fait remi-
fe. J'acceptai l'offre qu'elle me faifoit, d'autant plus volontiers que je voulois me débar-
raffer des autres : je lui dis que je ne demeurois qu'à quatre pas ; & ayant remercié les
gens chez lefquels je m'étois repofée, nous
nous acheminâmes vers mon logis. Comme
je n'étois revenue de mon faififfement que
les larmes aux yeux, cette Dame, qui ne
manquoit pas de pénétration, avoit tiré
vaguement quelques conjectures ; elle ha-
zarda avec moi quelques queftions, auxquelles je ne répondis que par de profonds
foupirs, qui ne diminuerent rien de fa cu-
riofité. Quelque répugnance que j'euffe à
laiffer monter ma conductrice à mon miférable cabinet, il fallut m'y réfoudre : nous
ne fûmes pas plutôt entrées qu'il me prit
une foibleffe ; on me mit au lit, & on me
faigna pour prévenir les fuites du coup que
je m'étois donné à la tête. Cette bonne Dame fe prêta du meilleur cœur du monde à
tout ce qui pouvoit me foulager.

Etant tranquille dans mon lit, je me rapellai le fouvenir de ce tems où St Valerie à mes genoux ne refpiroit, ne vivoit que
par moi : je trouvai dans mon accident une
inhumanité, un acharnement du fort, qui,
non-

ron content de mon malheur, me traînoit encore fous fes coups, pour y être la victime de fon faîte : cette réflexion me déchira le cœur. Je l'ai bien mérité, me dis-je en moi-même, au travers des fanglots & des larmes, dans lefquels me furprit cette Dame, qui venant de s'entretenir à mon fujet avec la Remy, s'aprocha de mon lit pour voir fi je repofois : elle en avoit tiré tous les éclairciffements que celle-ci avoit pu lui donner. Avant de s'en aller elle me fit offre de fes fervices, m'exhorta à me tranquillifer, & m'affura qu'elle vouloit abfolument trouver l'occafion de m'obliger ; qu'il falloit fe mettre au-deffus des chagrins ; qu'on étoit toujours à tems de remédier à tout, quand on favoit être raifonnable. Elle me dit enfuite adieu, m'embraffa, & m'affura qu'elle viendroit me voir le plutôt qu'elle pourroit.

Il eft inconcevable combien je me trouvai foulagée des obligeans difcours de cette honnête perfonne : quand le malheur eft au comble, les moindres changements ne peuvent qu'être favorables. C'eft d'ailleurs une grande confolation pour les malheureux, de trouver gens qui s'intéreffent à leur infortune. Ma vieille, tranfportée des difcours édifians de cette charitable Dame, c'étoit fon terme, la regardoit comme une prédeftinée, dont le maintien & la phyfio-

nomie annonçoient les pieux fentiments.
Nous ne nous entretinmes le refte de la
journée que de mon heureufe rencontre : il
n'y avoit que l'idée du fieur Valerie qui me
tourmentoit de nouveau. A peine étoit-il
neuf heures fonnées le lendemain, qu'on fra-
pa à la porte; la Remy ouvrit, & par un
Dieu foit loué, & un grand figne de croix,
m'annonça que c'étoit ma bonne amie. Ne
fachant pas fon nom, ce fut celui qu'elle
lui prêta. Vous voyez, me dit-elle avec
affection, que je fuis de parole; je n'ai eu
que le tems d'aller aux Auguftins, & je fuis
venue tout de fuite pour vous trouver au lit.
Aux Auguftins, repartit la vieille! voyez cette
chere Dame de Dieu! on ne va pas là qu'on
n'y ait affaire! Nous nous fimes beaucoup d'a-
mitié : elle m'aprit qu'elle fe nommoit Mont-
Louis. Pendant que la Remy étoit occupée
à tracaffer, elle me dit qu'il falloit que nous
euffions une petite converfation enfemble,
qu'elle vouloit que je n'euffe rien de caché
pour elle; que quand elle aimoit une fois
elle aimoit bien ; qu'il n'étoit queftion que
de remédier à de petits malheurs. Comme,
en l'écoutant, j'avois le vifage tourné vers
la porte, à laquelle elle avoit le dos oppo-
fé, j'apperçus un Domeftique qui cherchoit
à parler à quelqu'un : Madame, lui dis-je,
on vous demande; ce qu'ayant entendu ce
garçon, il me dit que fon Maître l'envoyoit

favoir des nouvelles de la perfonne qui
étoit tombée la veille fous fon carroffe, &
qu'il avoit ordre de lui remettre un paquet
cacheté, qu'en même-tems il me préfenta.
Je l'ouvris avec un battement de cœur dont
l'effet fe remarqua aifément fur mon vifage :
je me flattois d'une aparence de retour ; mais
quelle étoit mon erreur ! je ne trouvai que
dix louis en or, enveloppés dans un papier,
fans un mot d'écrit : ce n'étoit qu'un acte
de pitié. S'étant fait informer de moi dans
la maifon par le même Domeftique qu'il
m'avoit envoyé, il avoit apris que j'étois
fort mal à mon aife, & fa générofité l'avoit
déterminé à me procurer ce fecours. Piquée
de la façon dure, felon moi, dont il s'y prenoit pour me foulager : rendez à votre Maître fon argent, dis-je à celui qui me l'avoit
apporté ; j'aurois trop à rougir de fes bienfaits. La vieille Remy, voyant l'argent s'en
retourner, ne favoit plus où elle en étoit.
Madame Mont-Louis me témoigna fa furprife, & me dit myftérieufement qu'il y
avoit quelque chofe là-deffous ; elle me
conjura de ne rien lui cacher de mes affaires,
m'affurant que ma confiance ne feroit point
infructueufe : elle m'offrit dès-lors de l'argent, qu'elle me força d'accepter, & m'arracha enfin par fes careffes une partie de mes
aventures avec fieur Valerie. Que cet aveu
me coûta vis-à-vis d'une femme dont l'appa-

rente régularité feulement infpiroit le goût
de la vertu ! Le refus que je venois de faire
en fa préfence me mettoit cependant plus
à mon aife avec elle, & foulageoit un peu
l'humilité à laquelle m'avoit expofée la dé-
coration de mon indigence. Elle m'écouta
avec bonté, me repréfenta le danger auquel
on s'expofoit, quand on donnoit trop au feu
de la jeuneffe, & qu'on négligeoit les avis
des perfonnes prudentes & confommées
dans l'ufage du monde ; me demanda de lui
abandonner entiérement le foin de ma conduite; me pria de la regarder comme une bonne mere qui vouloit réunir mes intérêts aux
fiens ; me témoigna qu'elle feroit charmée
de me voir chez elle profiter de fes confeils ;
qu'elle avoit deux nieces qui faifoient toute
fa confolation, qu'elles feroient charmées
de partager avec moi fa tendreffe ; que
Mimy & Dorothée faifoient les délices de
ceux qui les connoiffoient : elle me repréfenta que l'endroit où j'étois n'étoit point
habitable ; elle ajouta enfin nombre d'autres
chofes qui me firent vraiment défirer de me
lier plus étroitement avec elle. Jamais femme ne me parut plus féduifante ; elle s'énon-
çoit avec une facilité, une douceur qui
infpiroient autant de vénération que d'attachement. Elle m'exhorta, en me quittant, à
me rétablir promptement par beaucoup de
tranquillité & une bonne nourriture, pour

être plutôt en état de l'aller voir. Je lui
demandai fa demeure, qu'elle s'obftina à
me cacher, ne voulant point, me dit-elle,
que je paruffe devant Mimy & Dorothée
avant d'avoir recouvré ma fanté & mon
embonpoint : au refte, elle me promit de
venir réguliérement me voir en attendant.

Quoique je ne viffe encore rien de bien
avantageufement changé dans ma fortune,
elle me parut toujours bien différente ; ce
rayon d'efpérance que j'entrevoyois m'occupoit agréablement : plus d'idées noires,
plus de trifteffe ; je confidérois avec complaifance dans mon miroir l'effet prodigieux
que faifoit en moi la moindre lueur de fatisfaction. Ma vanité s'applaudiffoit intérieurement du refus que j'avois courageufe-
ment fait des dix louis du fieur Valerie. Je
me fervis de l'argent de madame Mont-
Louis pour retirer le peu de nipes qui
m'étoient reftés en gage, & fur lefquels je ne
comptois plus. Que le befoin nous fait fentir
le prix des chofes ! Je trouvai un plaifir tout
nouveau à m'ajufter du peu que je poffédois,
non fans réfléchir cependant combien j'avois
autrefois dédaigné ce dont j'étois trop heureufe de faire mes beaux jours alors

Ma chere confolatrice m'étant venue
voir, & m'ayant trouvée charmante fous un
verni de toilette, jugea que j'étois fuffifamment rétablie, & fatisfit enfin mon im-

patience, en me difant qu'elle m'attendroit à dîner le lendemain. Je ne me poffédai plus d'aife, je lui demandai fon adreffe; mais elle me refufa encore, en m'affurant qu'elle m'enverroit un Domeftique pour me conduire. J'avois un défir inexprimable de connoître mefdemoifelles Dorothée & Mimy, au fujet defquelles je ne pouvois que penfer fort avantageufement, à en juger par la tante, dont elles étoient les éleves chéries.

Je n'avois pas encore achevé de m'habiller le lendemain, jour tant attendu, que je vis entrer le Domeftique en queftion, qui étoit une groffe Javotte des plus intrépides qu'il en parût : elle avoit ordre de prendre un fiacre, mais je m'y oppofai, de peur d'être obligée de le payer pour faire fon profit; au moyen de quoi mademoifelle Javotte s'étant officieufement faifie d'un de mes bras, elle me mit dans l'indifpenfable néceffité de trotter vigoureufement après. Elle me fit en chemin un galimatias, auquel je ne fis pas grande attention; il n'y avoit que le refrain qui me donnât à penfer; je ne pouvois concevoir à propos de quoi mademoifelle Javotte me prioit de ne pas oublier les fervantes.

J'arrivai enfin fuffifamment fatiguée, & montai au premier étage, où elle me fit entrer dans une falle baffe, affez obfcure, dont elle m'ouvrit la porte.

Ne vous impatientez pas , me dit-elle
en me quitant, Madame ne tardera pas.
Je m'occupai en me repofant de la maniere
décente & affectueufe dont j'aborderois ces
Demoifelles ; après quoi j'examinai la chambre , dans laquelle je reconnus deux portes
en forme d'armoire. Impatiente de ne voir
arriver perfonne, je prêtai attentivement
l'oreille à certains cris confus qui me paroiffoient venir de loin , & auxquels fe
mêloient de grands éclats de rire : je tirai
un favorable augure de la joie qui fe ré-
pandoit dans l'intérieur de la maifon. Il y
avoit déjà même une demi-heure que j'attendois le moment de me joindre à la compagnie , lorfque j'entendis le bruit fourd de
gens qui s'avançoient en courant nuds pieds ;
je redoublai d'attention, & diftinguai bientôt une voix de tonnerre qui crioit : *Mimy ,
chienne de Mimy ,* veux-tu venir ici? Une
des deux portes s'ouvrit auffi-tôt , & je vis
en même tems fondre dans la falle un co-
loffe nud en chemife, qui , tenant une poi-
gnée de verges à la main , propofoit la
partie à une petite effrontée, auffi nue , qui
couroit devant lui , & dont les propos auroient fait rougir un Huffard. Tiens, lui
dit-elle, en me montrant , voilà du fruit
nouveau , puifque tu veux fouetter, fouette.
Cette fcene , qui ne répondoit point à l'idée
que je m'étois faite des nieces de madame

Mont-Louis, ne laiſſa pas de m'embarraſſer :
j'aurois bien déviſagé mademoiſelle Mimy ;
mais je craignois de faire trop beau jeu à
mon fouetteur , auquel, malgré l'indécence
qu'il me préſenta , je remontrai poliment
que je n'étois pas de la maiſon. Mais la coquine de Mimy ayant fait ſonner qu'on ne
venoit pas chez la ...... pour faire la bégueule , détermina ce bandit à paſſer outre : de
ſorte que je me vis forcée d'aller au-devant
de ce que je voulois éviter, & m'étant jettée,
avec autant de furie que d'adreſſe, ſur ce
qui donnoit ſujet à tant d'ordures , je leur
prouvai que je ne cherchois point , comme
ils le diſoient , à me faire prier. Nous étions
aux priſes , lorſqu'heureuſement pour moi
les éclats de rire de la Mimy attirerent la
prudente Mont-Louis, qui entra précipi-
tammenr, & mit ordre à tout ſans ſe décon-
certer. Qu'eſt-ce que vous faites-ici, me
dit elle ? je vous attendois en haut. Elle ſe
fâcha contre Mimy , fit rentrer le libertin ,
en peſtant contre ſes folies , ſouffleta Javotte , qui ne m'avoit pas conduite à ſa chambre, & m'y fit monter, malgré toutes les inſtances que je fis pour m'en aller.

Plus embarraſſée qu'elle , je ne ſavois
que dire pour me plaindre de l'incartade de
ſa prétendue niece ; il n'en falloit pas davantage pour me déſabuſer ſur le compte de
toute la famille , qui ne ſe bornoit pas à
meſdemoiſelles

mefdemoifelles Mimy & Dorothée. Il ne
m'étoit plus difficile de deviner où j'étois ;
ma chere confolatrice , la charitable Da_
me , cette bonne ame , que nous avions
regardée, la Remy & moi , comme une dé_
putée de la Providence, n'étoit autre que
la * * * , qui par le bon ordre avec lequel
elle adminiftre les plaifirs publics , s'eft fait
une réputation , & eft parvenue à fe faire
tolérer, & à attirer chez elle les gens les
plus diftingués.

Je fuis au défefpoir , me dit-elle , de
ce qui vient de fe paffer, quoiqu'au fond
ce n'eft qu'une niaiferie. Je gage que vous
êtes bien fâchée contre moi : allons , ma
chere amie, il n'y faut plus penfer ; je vous
réponds qu'il ne vous arrivera plus rien de
pareil ; je prétends qu'on foit en fûreté chez
moi. Ah, Madame , lui dis-je , où fuis-je !
eft-ce là ce que je devois attendre des fa_
ges confeils que je vous ai entendu me donner ? Ma chere, me répondit-elle, je vous
répéterai ici, comme chez vous, les dif_
cours prudens que je vous y ai tenus : l'état
dans lequel je vous ai vue , m'a engagée à
vous infpirer une ferme réfolution d'en for_
tir promptement , & il ne tient qu'à vous ;
la fâcheufe épreuve de la mifere doit bien
faire revenir d'une fotte délicateffe qui ne
mene à rien. Je ne vous ai point trompée
quand je vous ai promis de remédier à vos

malheurs, & de réunir vos intérêts aux miens : vous n'avez point de connoiſſances, & perdriez beaucoup à vous annoncer vous-même. L'habitude de quelques intrigues d'ailleurs doit vous faire vaincre cette répugnance que vous témoignez. Certaines gens à préjugés ſe forment de nos maiſons une idée toute différente de celle qu'ils en devroient avoir ; tout y reſpire le plaiſir : que nous importe la cenſure ? Rarement nous trouvons-nous avec ces atrabilaires qui dénigrent & traitent de honteux un commerce duquel eſt banni toute inquiétude, & dont la volupté fait la baſe. Eh ! qui ne s'en mêle au reſte ? Je trouverois excellent, ajouta-t-elle, qu'on élevât des trophées à cette vertu ſi vantée ; mais je voudrois qu'ils fuſſent ſolides. On ſe déchaîne contre le vice, mais on s'en raproche : on exalte la vertu, mais on l'abandonne. Attendez qu'on vienne dans votre pauvre réduit vous ſoutenir contre les pieges du vice, puiſqu'il faut trancher le mot, je crois que vous y reſterez long-tems miſérable. Il ne faut qu'un peu raiſonner pour voir juſqu'où va la folie des hommes ; tout déchaînés qu'ils ſe montrent en général contre la dépravation des mœurs, ils ne laiſſent échaper, chacun en particulier, aucune occaſion de ſéduire l'innocence : leur vanité va juſqu'à excuſer intérieurement les déſordres dans

lefquels ils entraînent , & qu'ils croient
inévitables par le penchant irréfiftible qu'ils
fe flattent d'infpirer , tandis qu'ils fe réu-
niffent pour les fronder. Etrange opinion !
il faut être auffi fou qu'eux pour s'y fou-
mettre.

Au refte, vous ne devez pas me favoir mauvais gré de la petite rufe dont je
me fuis fervie pour vous attirer ici ; mon
nom vous auroit effrayée, & à tort cependant ; j'exerce ma profeffion avec autant
d'honneur que de bonne foi : il n'y a que
maniere de fe diftinguer dans toutes fortes
d'états. Grace au Ciel, perfonne ne fe plaint ;
& pour peu que vous ne vouliez pas faire
l'innocente, vous ferez bientôt auffi contente que je la fuis : croyez-moi, les plus
courtes folies font les meilleures ; il n'eft
rien tel que de marcher à la fortune par
la voie du plaifir. Quelle fortune , & quel
plaifir, m'écriai-je en pleurant amérement !
C'eft donc-là que fe termine ce bonheur
aparent, dont je me repaiffois l'imagination ! Ce n'étoit affurément pas qu'une belle paffion pour la vertu réglât en ce moment ma conduite ; mais le penchant que
j'avois toujours eu pour le libertinage ne
m'avoit jamais familiarifée avec la crapule :
je n'avois jamais regardé qu'avec dégoût
& horreur un détail dans lequel on eft
indifpenfablement expofé à des brutalités

qui déshonorent & dégradent le plaisir.

La * * * ayant inutilement essayé de me
persuader, me fit entrevoir quelques expédiens moins révoltans pour me produire :
elle me parla de quelques pratiques se-
crettes qui seroient charmées d'avoir affaire
à quelqu'un de mon caractere ; mais outre
la difficulté qu'il y avoit à guérir l'imagination de ces sortes de gens, qui étoient toujours en garde contre les faux dehors,
elle me fit entendre que ces arrangemens
étoient tout-à-fait contraires à ses intérêts.
Tel s'accommode, me dit-elle, d'un commerce fixe, & s'acoquine à une fille, qui n'a
plus besoin de mon ministere, & m'oublie
facilement. J'eus d'autant moins de peine à
la rassurer sur ses craintes, qu'elle étoit
avec moi en avance de cinq louis, dont
toutes mes délicatesses n'auroient pu lui garantir la restitution.

Je touche enfin au moment où je me trouvai dans le plus cruel embarras, & ren-
contrai en même-tems la fin de toutes mes
peines. La * * * ne sachant comment faire
pour fournir une quatrieme Princesse à un
soupé qu'elle s'étoit engagée de pourvoir
le soir même, me sollicita instamment de
l'aider à tenir sa parole : sur le refus décidé que j'en fis, elle me représenta que
c'étoient des gens sensés & des plus à leur aise, avec lesquels tout se passoit décem-

ment ; qu'il n'étoit queſtion que de ſe réjouir honnêtement ; qu'on ſe bornoit au mot
pour rire. J'eus beau lui expoſer la répugnance invincible que j'avois à me préſenter dans une compagnie où , ne connoiſſant
perſonne , je ferois une ſotte figure , où
d'ailleurs ma ſituation ne m'inſpireroit pas
cet extérieur enjoué qui fait l'ame des parties , il me fut impoſſible de lui faire goû-
ter mes raiſons , & elle inſiſtoit de nouveau , lorſque je me trouvai frapée comme d'un coup de foudre par ces quatre
mots : *va toujours devant , je vais arranger
cela avec elle.* Ce ſon de voix , qui ne m'é-
toit que trop connu pour m'y méprendre ,
m'effraya au point que ne ſachant où me
cacher , & ne pouvant faire entendre à
la * * * de courir au-devant de celui que j'a-
vois entendu , je me jettai ſur la porte pour
la fermer : mais de quoi ſervit ma précaution ? le mouvement précipité que j'avois
fait ayant agité une partie du rideau qui
couvroit le vitrage de la porte , l'homme
qui étoit en dehors avoit diſtingué le ſigne
que je faiſois à la * * * de ſortir pour lui
parler. Celle-ci , dont les vues étoient bien
différentes des miennes , ſe préſenta en
faiſant ſigne de la main , & ſortit en ſou-
riant pour entretenir celui dont l'impatiente curioſité avoit déjà manqué d'en-
foncer la porte. Que devins-je pendant cet-

te converſation particuliere, dont quelques mots échapés me perſuaderent de plus en plus que c'étoit un de ceux que j'avois le plus à craindre de rencontrer où j'étois. Après avoir inutilement examiné dans mon effroi s'il n'y avoit point quelqu'endroit par lequel je puſſe m'échaper, je me jettai dans le lieu le plus obſcur de la chambre, le viſage envelopé de mon mouchoir, pleurant d'avance ſur la confuſion à laquelle j'allois, quoiqu'innocemment, me trouver expoſée. Pour juger de l'embarras dans lequel je me trouvois, il ne faut que ſavoir quel étoit l'homme qu'un malicieux hazard avoit amené dans ce moment pour jouir de mon trouble. Pourra-t-on le croire ? c'étoit M. Poupard ! oui, lui-même, qui étoit un de ceux que la * * * s'étoit engagée de pourvoir. J'étois bien perſuadée qu'elle ne lui parloit pas de moi d'une maniere à diminuer ſa curioſité, & il n'y parut que trop ; car il entra, malgré les fauſſes inſtances qu'elle lui réitéra de n'en rien faire ; & s'aprochant de moi, mit tout en uſage pour m'engager à retirer mon mouchoir, dont je m'obſtinois à me cacher. Comment donc, mon bel Ange, me dit-il ! notre maman vient de me conter des prodiges ; je n'en veux rien croire, moi : elle m'aſſure que vous ne voulez pas venir ce ſoir vous réjouir avec nous. Vous avez tort,

nous fommes de bonnes gens , qui ne vou-
lons répandre que du Champagne : vous
n'avez rien à craindre , & plus on eft de
fous , plus l'on rit. Comment ! eft-ce qu'avec
un bras comme ça on fait la fotte ? C'eft
ne pas favoir fon monde. Ça ! oh vous
n'êtes pas fage ! je veux vous aprendre , moi ,
à être raifonnable. Elle a ma foi une vraie
main à péché mortel. Je n'avois jufques-là
rien répondu ; mais voyant que la * * * s'é-
toit retirée politiquement , fans doute , je
penfai qu'il étoit inutile d'attendre un tiers
pour jouer notre reconnoiffance , & m'é-
tant découvert le vifage : hé bien , lui
dis-je , Monfieur ! vous le voulez , jouiff:z
donc de mon trouble & de ma confu-
fion ? Etes-vous fatisfait ? Vous êtes bien
vengé du paffé. Quoi , s'écria-t-il ! hé........
hé , c'eft Julie ! Que diable eft ceci ?
Oh , oh ! vous voilà donc , ma coquine
qui m'avez joué... Eh , Monfieur , lui répon-
dis-je ! ne m'humiliez pas davantage , ma
fituation eft plus digne de pitié que de colere ! Jugez combien il m'en coûte pour
paroître devant vous , & dans un lieu où je
n'ai cependant été attirée que par furprife :
on doit vous l'avoir dit , & vous ne m'y
auriez pas trouvée fi j'euffe ofé en fortir en
plein jour. Soyez affez généreux , Monfieur ,
pour m'épargner les reproches que j'ai à me
faire en vous voyant ; je n'ai payé que trop

cher les égaremens auxquels on m'a livrée dans un tems où je n'en connoiſſois pas les conſéquences.

Monſieur Poupard n'avoit pas le cœur mauvais, il ne put tenir aux marques d'af-fliction & de repentir que je lui donnai. Après une infinité de queſtions, & de nou-veaux témoignages de ſurpriſe : je ſuis fâ-ché, me dit-il, mon enfant, que vous n'ayez pas profité du bien que je voulois vous fai-re ; vous auriez été plus heureuſe avec moi qu'avec un étourdi, qui.... Comme diable c'eſt grandi ! Il y a ma foi quatre ans : te voilà bien avancée, pauvre fille ! Je l'ai tou-jours bien dit, elle eſt ma foi auſſi jolie... Mais ; mais.... Je ſuis une ancienne con-noiſſance, moi, que tu connois bien : eſt-ce que.... Pardi, tu ne me refuſeras pas.... Je ſais, Monſieur, les égards que je vous dois, & la différence qu'il me con-vient de faire de vous à un autre ; mais il y auroit auſſi de l'inhumanité à vous de pro-fiter de l'état où vous me voyez réduite. Je vous regarde, Monſieur, comme ayant des droits ſur moi, puiſque j'ai dès ma premiere jeuneſſe été remiſe entre vos mains, par la cupidité d'une tante avec laquelle il m'étoit impoſſible de recevoir d'autres impreſſions que celles du liberti-nage : mais les tems ſont changés, plus for-mée & plus raiſonnable que je n'étois alors,

c'eſt à vous-même que j'ai recours, ce ſont
ces mêmes droits que je réclame , & qui
doivent me garantir aujourd'hui des pieges
qu'on me dreſſe pour achever de me perdre
entiérement. Ces quatre mots , prononcés
d'un air pénétré , lui firent ſuſpendre ſon
deſſein : il ne m'avoit autrefois entendu raiſonner qu'en enfant. Le tems n'avoit rien
diminué de mes agrémens : au contraire ,
j'étois plus formée & plus piquante , & avois
acquis , par l'uſage , ce qu'on apelle le bon
ton , & des manieres. Je remarquai bientôt le progrès que je faiſois ſur lui ; ſes
premiers feux ſe rallumerent , & ſe rendant à ma priere , il me témoigna combien il étoit ſatisfait de ma façon de penſer, & de ce qu'il avoit apris de la *** ;
ajoutant qu'elle lui avoit cité quelques
circonſtances à mon ſujet dont il ſeroit
ravi que je lui fiſſe un détail particulier.
Je lui expoſai, ſans perdre de tems, l'embarras où j'étois ſur l'argent qu'on m'a-
voit forcée de prendre dans le beſoin , ſous
un nom emprunté , & les plus dures aparences. Il me répondit , comme je m'y attendois bien , que c'étoit une babiole , que
je ne m'en inquiétaſſe pas. La *** ne fut
pas plutôt montée , qu'il l'a tira à part, la
ſatisfit , & s'expliqua avec elle ſur l'intérêt
qu'il prenoit à ce qui me regardoit ; du
moins j'eus tout lieu de le penſer à la conduite qu'on tint après avec moi. Il donna

quelques ordres, me dit adieu, & me conseilla d'attendre tranquillement jusqu'au soir ; ajoutant qu'il viendroit me prendre pour me remener chez moi. J'achevai de lui faire tourner la tête, en lui prenant les mains avec affection, pour l'engager à ne pas m'oublier. Outre que je voulois lui témoigner une entiere confiance, je n'étois point fâchée que la * * * ne doutât point que je ne le connusse de longue main. Il ne fut plus question de vilaines propositions, ni de souper, on me fit passer dans une petite chambre écartée, où il n'y avoit qu'une seule porte & deux bons verroux, avec lesquels je me garantis de toutes les poignées de verges du monde. Comme je n'avois encore rien voulu prendre, je me trouvai en état de faire honneur à un poulet que M. Poupard avoit donné ordre qu'on me servît.

Quiconque a rapidement passé d'un excès de tristesse au comble de la joie, comprendra facilement quelle satisfaction je goûtai après le départ de M. Poupard. Je ne pouvois m'imaginer que cette rencontre fût réelle : mes malheurs seroient-ils donc finis, m'écriai-je, en me voyant toute seule ! Heureux hazard ! qu'en cet instant tu parois vouloir me dédommager des accidens fâcheux auxquels tu m'as exposée ! Quelle riante perspective ! Qui se seroit

imaginé que c'étoit dans un lieu suspeƈt
que je devois rétablir ma réputation dans
l'esprit d'un homme qui n'avoit déjà que
trop sujet de me méprifer ? Je ne doutai
plus qu'il ne revînt à moi plus amoureux que jamais : quoiqu'il l'eût beaucoup été, j'étois encore plus sûre de le
mener ; ma seule inquiétude rouloit sur la
petite honte qu'il y avoit à paroître forcée
par la nécessité de retourner à lui. J'ignorois
alors les heureuses nouvelles qui m'atten-
doient chez moi : ce jour devoit être pour
moi un jour de félicité entiere.

Il n'attendit pas la fin du jour pour me
venir trouver, son impatience me l'amena
deux heures avant que nous pussions sortir.
Allons, me dit-il, embrasse-moi ; faisons la
paix, car le diable veut que je t'aime
toujours : je viens de quitter mes affaires
pour me réjouir une couple d'heures. Je lui
fis entendre que j'étois d'autant moins amu-
fante alors, que j'étois beaucoup plus raifonnable qu'autrefois ; que d'ailleurs une
longue habitude de traverses m'avoit pour
ainsi dire formé le caraƈtere à la mélancolie
& à la tristesse. Oh, oh ! j'ai une bonne
recette, me dit il, contre cette vermine-
là ; mais, mais voyons un peu, conte-moi
donc tes fredaines. Je me gardai bien de lui
rien aprendre qui se ressentît de son expreffion ; je lui fis seulement l'histoire de M.

Démery, ajoutant que la mort me l'avoit enlevé lorſque nous étions ſur le point de nous unir par des nœuds indiſſolubles. Je lui apris la malheureuſe banqueroute que j'avois eſſuyée : je n'oubliai point les fâcheuſes circonſtances qui m'avoient expoſée aux recherches de la Juſtice ; mon évaſion de priſon, ma maladie, & enfin l'accident qui m'étoit arrivé avec ſon neveu dans les premiers jours de ma convaleſcence. J'eus ſoin à cet article d'apuyer ſur le mépris que j'avois fait de ſes offres, quels que fuſſent mes beſoins, ce que je remarquai lui faire un plaiſir infini. Je t'en fais bon gré, me dit-il ; tu n'y perdras rien : c'eſt un coquin. Je lâchai adroitement quelques larmes, en gémiſſant ſur les malheurs dans leſquels il m'avoit précipitée, & que je me promis bien de ne lui pardonner jamais.

Le jour étant enfin baiſſé il me propoſa de nous retirer ; nous deſcendîmes & trouvâmes à trente pas un Fiacre qui l'attendoit. J'indiquai ma demeure, & il nous rendit dans la rue Mazarine : je m'aperçus bien en chemin de l'impatience dans laquelle étoit M. Poupard de renouveller l'ancienne connoiſſance ; mais je fus inflexible, & l'amenai par des refus ménagés au point de m'avouer qu'il étoit plus amoureux de moi qu'il n'avoit encore été.

Il n'étoit pas question de compofer avec lui , fa générofité n'avoit point de borne : mais il étoit effentiel de lui montrer de la déli- cateffe , & d'irriter fes défirs. Nous arrivâmes chez moi , où je fus charmée d'entendre la Remy me demander , avec onction , des nouvelles de la chere madame Mont-Louis. Je la fis un peu jafer ; elle vanta tous les foins charitables de cette honnête Dame : outre le plaifir que nous avions à voir fa bonne foi & fon ingénuité , je n'étois pas fâchée que M. Poupard fe confirmât dans tout ce que je lui en avois raconté. Vous mériteriez , me dit-elle , après nous avoir bien vu rire de fes éloges , que je ne vous donnaffe pas une lettre que j'ai retirée cette après-midi de l'hôtel Carignan , où elle étoit depuis un mois. Je l'ouvris avec affez d'indifférence ; mais quelle fut ma joie , quand j'en eus lu le contenu ! elle étoit de M. Morand , auquel j'avois en arrivant à Paris envoyé mon adreffe pour m'inftruire de la fin de ma malheureufe affaire. Mais il étoit queftion de bien autre chofe : il me mandoit que le Banquier qui avoit manqué avoit accommodé , & qu'il reparoiffoit moyennant la moitié de perte , dont les créanciers s'étoient fatisfaits ; que j'envoyaffe au plutôt ma procuration , & qu'il fe chargeroit de me faire toucher mes quinze mille livres. Qu'à

l'égard de l'affaire d'Aix, elle étoit entiérement finie ; que le frere du nommé Simon avoit été auſſi élargi ; que le voleur arrêté à Lambeſc avoit été pendu ; que ſon ca-
marade avoit été envoyé aux galeres, après
s'être fait prendre pour quelque filouterie ;
que les dépoſitions de l'un & de l'autre n'a-
voient fait aucune mention de moi ; que
la Juſtice s'étoit deſſaiſie des effets dont elle
s'étoit emparée ; que le tout étoit ſous la
garde de madame Guillaume : que ſi-tôt
ma procuration reçue, il chercheroit une
occaſion pour me le faire tenir. Dans mon
premier tranſport je préſentai la lettre à
M. Poupard, qui la lut comme moi, &
trouva de quoi raſſurer ſes doutes ſur la
banqueroute, à laquelle il n'avoit pas trop
ajouté foi. Il ſembloit que tout concourût
en ce jour pour me favoriſer, chaque cir-
conſtance faiſoit une continuité de preu-
ves des événemens que je lui avois contés,
& dont une partie pouvoit paroître adroitement ſupoſée. Quel poids tout cela ne
me donna-t-il point auprès de lui ! quelle
ſatisfaction d'ailleurs de ne point paroître ſans reſſources ! Hélas, dis-je à la Remy, ces nouvelles un mois plutôt reçues
m'auroient évité bien de la triſteſſe & des
larmes ! A quoi M. Poupard me dit à l'o-
reille qu'il étoit ravi de ce petit retard,
puiſqu'il lui avoit procuré l'occaſion de me

retrouver. Je le fis reſſouvenir, avec un ſou‑
rire malicieux, que l'heure de ſa partie s'a‑
prochoit, & que quelqu'un auſſi galant
que lui devoit ſe piquer d'exactitude avec
les Dames. Il comprit mon petit repro‑
che, & me jura qu'il étoit au déſeſpoir
d'être engagé ; mais que c'étoit auſſi
pour la derniere fois : & prévoyant bien
qu'en attendant mon argent j'aurois quel‑
ques beſoins à ſatisfaire, il me jetta trente
louis ſur la table, qu'il affecta de me
dire devant la Remy que je lui remer‑
crois à la rentrée de mes fonds. J'accep‑
tai l'argent ſans héſiter : il m'embraſſa
& ſortit. Je le reconduiſis & l'éclairai moi‑
même. Dès que M. Poupard fut parti,
je me livrai toute entiere au plaiſir de la
reconnoiſſance, & montant avec précipita‑
tion chez notre voiſin le ſolitaire, je
crus qu'il étoit de mon devoir de lui faire
part de mon bien‑être, après l'avoir trou‑
vé ſi efficacement ſenſible à mon infortu‑
ne. L'empreſſement avec lequel je frapai à
ſa porte ne lui laiſſant de réflexion que ſur le
beſoin qu'on pouvoit avoir de lui, il m'ou‑
vrit, & me demanda avec étonnement ce
qui m'étoit arrivé. Quoi que vous ayez pu
faire derniérement, Monſieur, lui dis‑je,
pour éluder les remerciemens que j'avois
à vous faire, je n'avois garde de me mé‑
prendre ſur ce que vous paroiſſiez vouloir

ignorer. Vous avez goûté dans toute sa délicateſſe le plaiſir d'obliger , laiſſez-moi
reſſentir à mon tour celui de la plus vive
reconnoiſſance, en vous communiquant les
heureuſes nouvelles que je reçois à l'inſtant
même. Vous m'avez rendu la vie par votre
généroſité, ayez encore la ſatisfaction d'a-
prendre à quel point le ſort me favoriſe
aujourd'hui : & après lui avoir détaillé les
malheurs que j'avois éprouvés , & dont je
voyois ſi heureuſement la fin , je lui préſentai les trente louis de M. Poupard , dont je
le priai avec toutes les inſtances imaginables d'uſer librement. Heureux & doux moment que celui où l'on peut témoigner ſa
gratitude! Quelques efforts que je fiſſe , il ne
voulut jamais recevoir que les deux louis
qui m'avoient été d'un ſi grand ſecours. Quel
plaiſir n'eus-je point à lui avouer combien
il m'avoit ſoulagée ! Avec quel tranſport ne
lui déployai-je pas les replis d'un cœur
ſenſible ! Une ame anéantie , étouffée par
la miſere , ne ſe dévelope jamais ſi avantageuſement que dans la proſpérité.

L'air ſatisfait qu'il témoigna de l'heureux
changement qui ſe faiſoit dans ma fortune, m'annonça la part qu'il y prenoit. Re-
marquant cependant, au travers de ſa joie,
qu'il me regardoit avec quelque ſurpriſe, je
lui en demandai amicalement le ſujet, ainſi que l'explication des quatre mots qui
lui

lui étoient échapés en donnant l'argent à
la Remy. Il m'avoua que né malheureusement pour lui avec un cœur tendre &
compatissant, il n'avoit jamais pu en écouter les mouvements sans être exposé aux
traits les plus noirs. Oui, dit-il, mes bienfaits semblent porter un caractere qui force
à l'ingratitude la plus criante. Ne con-
damnez pas ma surprise, la situation où
je me trouve avec vous est nouvelle pour
moi. A Dieu ne plaise que j'aie jamais
couru après l'indigne plaisir de recevoir ces
égards rampants, qui déshonorent autant
ceux qui obligent, qu'ils humilient ceux
qui sont obligés. Mais pourquoi fallut-il
toujours que je fusse la victime de ma
compassion! Cette réflexion, qu'il fit en sou-
pirant, me donna toutes les envies du monde d'en apprendre davantage : je le con-
jurai de contenter ma curiosité, qu'il
eut la complaisance de satisfaire par ce qui
suit.

Il m'est inutile, Mademoiselle, pour
vous prouver ce que je viens de vous dire,
d'entrer dans le détail d'une vie plus en-
nuyeuse qu'intéressante, & dont les événements m'ont avec raison rebuté du commerce de mes semblables. Quatre faits prin-
cipaux suffiront pour vous convaincre des
justes sujets que j'ai de me plaindre de l'ingratitude des hommes. De trente-six ans

auxquels je suis parvenu, j'en ai passé huit dans les prisons, sans avoir été coupable d'autre crime que celui de céder trop facilement aux mouvements d'une compassion bienfaisante.

Né avec quelque peu de bien, j'ai eu la facilité de donner une partie de ma jeunesse à l'étude; j'y ai pris goût, & ne voulant point écouter, dans un âge plus avancé, les sollicitations de quelques parents qui désiroient que je prisse un parti; connoissant d'ailleurs tous les avantages d'une vie tranquille & indépendante, je ne trouvai point d'état qui me convînt mieux que celui de n'en point avoir. Les avantages du Barreau, des Armes, du Commerce & de la Finance me furent inutilement démontrés; content du peu que je possédois, je ne voulus point travailler à l'augmenter, ni risquer de le diminuer. Je me trouvai à vingt-quatre ans maître de moi-même & de mon bien : borné à un certain nombre d'amis, aimant le plaisir, mais haïssant la débauche; estimant d'ailleurs, avec tous les honnêtes gens, ce qui méritoit de l'être; me soumettant, quoiqu'à regret souvent, aux opinions reçues, & me formant le caractere à la nécessité de vivre avec tout le monde; avec cette façon de penser je ne pouvois qu'être bien reçu dans les compagnies où je me présentois : aussi l'étois-je

Le hazard voulut que me trouvant un jour à une espece d'assemblée dans une maison où l'on m'avoit introduit depuis peu, je remarquai deux personnes, dont l'air & le maintien embarrassé annonçoient qu'elles n'étoient pas à leur aise ; l'une, qui pouvoit avoir dix-sept ans, étoit la fille ; l'autre, âgée d'environ quarante-cinq, étoit la mere : c'étoit une visite qu'elles faisoient ; ainsi une demi-heure après que je fus entré, elles se retirerent comme on se disposoit à se réjouir, & l'on n'essaya de les retenir qu'avec certain air tout propre à produire le contraire. Aussi-tôt qu'elles eurent le dos tourné on causa, & tout en exposant leur situation, on convint charitablement que leur compagnie ennuyoit, & qu'on étoit ravi d'en être défait. Je m'informai à une femme sensée, qui avoit hazardé un mot d'éloge à leur sujet, de leur nom & de leur situation ; j'apris que c'étoit une fort honnête famille, composée de trois personnes, qui éprouvoient depuis quelque-tems la dureté de la misere ; que le pere étoit un homme de probité, qui avoit essuyé beaucoup de malheurs, & qui en étoit enfin aux expédiens. Je fus sensiblement touché du chagrin que devoit avoir ressenti cette jeune personne d'être obligée de se retirer d'une compagnie où tout inspiroit la joie, pour aller s'affliger avec son pere & sa mere. Il est si dur

de porter à dix-huit ans l'uniforme de la trif-
teſſe ! Il ne m'en fallut pas davantage pour
concevoir un grand plaiſir à les ſoulager. J'i-
maginai enfin les moyens de leur faire tenir
ſix cens livres, ſans qu'ils duſſent me ſoup-
çonner de cette attention. Quinze jours ſe
paſſerent, après lefquels m'étant retrouvé
avec la même perſonne qui m'avoit fait leur
éloge, je remarquai qu'elle affectoit de m'en
parler & me tenoit certains propos qui me
firent connoître qu'elle étoit au fait des ſix
cens livres. Quelques précautions que je
priſſe pour déguiſer le plaiſir que je reſſen-
tois au détail qu'elle me faiſoit du ſecours
dont leur avoit été cet argent, elle me ſoup-
çonna, fit quelques perquiſitions, & crut
bientôt n'avoir plus lieu de douter qu'il
ne vînt de moi. Elle s'en expliqua avec madame....., qu'elle aſſura être ſûre de ſon fait ;
de ſorte que peu de jours après, quoi que
je fiſſe pour m'en défendre, on voulut me
remercier. Il fallut me rendre chez eux ;
cela me donna occaſion de me gêner moins
ſur quelques petites douceurs que je procu-
rai de tems à autre. Cinq mois ſe paſſerent,
pendant lefquels je fréquentai dans la maiſon : j'y trouvai la conduite édifiante. J'eſti-
mois mademoiſelle.... : certain air de langueur que je lui trouvois la rendoit plus
intéreſſante. Le pere s'étoit ouvert à moi
ſur certaines reſſources qui lui reſtoient

encore ; la mere m'accabloit d'amitiés : j'étois enfin regardé comme l'ami de la maison.

Un jour que j'allai , comme à mon ordinaire, faire ma visite, je restai long-tems à attendre avant qu'on m'ouvrît. Mademoiselle... me parut toute déconcertée ; & comme je lui demandois si elle étoit seule , je me sentis poussé par un jeune homme , qui , s'étant , à mon arrivée , caché derriere la porte , se déroboit avec précipitation : je me retournai , & eus le tems de le distinguer. Quoique je n'eusse aucune prétention sur mademoiselle....., & que je ne lui eusse même jamais parlé en conséquence , je ne laissai pas d'être déconcerté à mon tour ; je me mis à la fenêtre , sans mot dire , & vis madame.... qui s'agitoit en bas avec le jeune homme en question , qu'elle venoit de rencontrer. Je ne doutai plus que la mere ne sût cette intrigue , dont on avoit mauvaise grace de me faire un mystere. Les éloges qu'on m'avoit d'abord faits me parurent alors un peu hazardés ; mais ce fut bien autre chose le lendemain , lorsque je vis entrer chez moi la mere en pleurs , & qu'elle me dit que sa fille se déclaroit enceinte de moi : j'eus d'autant plus lieu d'être surpris , que je ne lui avois jamais témoigné d'autres sentiments que ceux que dicte l'estime & l'amitié. J'eus beau protester

à madame.... que je n'avois de ma vie eu aucune particularité avec sa fille : vainement
je lui expliquai que j'avois surpris la veille un jeune homme enfermé avec elle, qui
s'étoit myftérieufement enfui, & que c'étoit
le même avec lequel je l'avois vue de
la fenêtre s'entretenir dans la rue, elle ne
fe rendit à aucune de mes raifons ; & me
reprochant d'avoir fuborné fa fille, elle me
déclara qu'elle alloit fe pourvoir contre moi,
fi je ne voulois réparer fon honneur en l'é-
poufant. Dans la rage où j'étois je me mo-
quai de ces menaces ; mais ayant confulté
quelqu'un à fe fujet, on me confeilla d'en
venir à un accommodement ; de forte que
je fus encore trop heureux de m'en tirer
avec huit milles livres qu'il m'en coûta. Cette aventure fe répandit, & lorfqu'on fut les
fecours que je leur avois procurés, on ne
douta plus de la réalité du fait. Quoique je
ne couruffe point après la réputation d'un
homme qui entreprend de redreffer les torts
de la fortune, encore étois-je moins fatisfait
d'être regardé comme un fcélérat qui avoit
déshonoré à plaifir une famille qu'on ne
trouvoit déja que trop à plaindre. Peu de
tems après je fus que mademoifelle.... avoit
époufé celui dont on vouloit me donner l'enfant : tout cela s'étoit fait à la main pour
tirer parti de ma facilité. Je regardai cela
comme un petit malheur, dont je me con-

folai bientôt : j'en fus quitte pour mon argent & quelques plaifanteries. Voilà le premier trait.

Quatre mois fe pafferent fans qu'il
m'arrivât rien de nouveau ; je m'amufai ,
je me livrai à mes amis & à l'étude. Un
jour que j'étois occupé chez moi à lire ,
je vis entrer un homme que j'avois fré-
quenté ; une connoiffance enfin dont l'extérieur annonçoit un état bien différent de
celui dans-lequel je l'avois vu quelque-tems
auparavant. Cet homme m'expofa fes befoins , m'exagérant la dureté de fes amis
qui refufoient de l'aider , & me pria en propres termes de lui racheter la vie par quelques fecours : il me fit une peinture fi tou-
chante de la néceffité où il étoit réduit , que
je ne différai point à l'aider. L'occafion du
plaifir m'en avoit fait une fimple connoiffance , fa mifere m'en fit un ami ; je le goûtai , je m'y livrai , & crus vraiment qu'il
m'avoit rendu un grand fervice en me procurant l'avantage de l'obliger. Nous paffâmes
fix mois enfemble , pendant lefquels il
trouva avec moi toutes les facilités qu'on
peut défirer dans l'adverfité : ma bourfe lui
fut toujours ouverte ; je ne négligeai ni foin ,
ni protection pour lui procurer une place ,
qui , dans fa fituation , lui étoit d'une grande reffource. Quelle aparence pouvoit-il y
avoir qu'après tant d'obligations j'euffe

quelque chofe à craindre de fa part ? Ce fut
cependant ce monftre d'ingratitude qui ,
fupofant que j'avois quelqu'intelligence fe-
erete avec des ennemis de l'Etat , m'expofa à des recherches dans lefquelles le hazard manqua de me perdre. Cet hom-
me, ou plutôt ce frénétique, fe fit un mérite, pour s'accréditer dans fon pofte, de
me dénoncer, quoique fon meilleur ami ,
comme fufpeĉt : je fus arrêté & conduit
à la Baftille. On fe faifit de mes papiers ,
fur lefquels ce traître avoit jetté les yeux ,
& l'on y trouva la lettre d'un ami qui avoit
hazardé quelques plaifanteries. Je fus enfin prifonnier pendant trois ans , après lefquels on me remit en liberté.

Ce fecond trait me caufa tant de chagrin , que je réfolus de voyager pour me diffi-
per. J'allai à Londres, où deux mois après
être arrivé j'effuyai un autre malheur , qui
ne provint encore que de ma fenfibilité. Me
retirant un foir un peu tard , j'entendis à
quelques pas de moi les cris d'un homme
qui fe mouroit ; mon premier mouvement
me porta à m'aprocher de lui ; mais comme je m'efforçois à le foulager , il me porta ,
en jurant contre les Français , un coup de
couteau dans la cuiffe , dont la douleur me
fit auffi-tôt lâcher prife. Ayant diftingué le
bruit des gens qui accouroient, je ne doutai
pas que ce ne fuffent quelques-uns de ceux.

qui

qui veillent à la sûreté publique, & réflé-
chiffant au danger que je courois fi on me
trouvoit près d'un homme qu'on auroit pu
me foupçonner d'avoir affafiné, je me retirai
promptement, & pourfuivis mon chemin,
malgré ma bleffure : mais la patrouille
ayant doublé le pas , me joignit bientôt.
L'état où j'étois auroit confirmé de bien
moindres foupçons ; on s'affura de moi,
& à la premiere confrontation , l'enragé
me chargea. Il avoit effectivement été maltraité par deux Français ; il lui falloit une
victime de la nation, & il me donna la
préférence, après avoir effayé de m'ôter
la vie, en reconnoiffance du foin que j'a-
vois voulu prendre de lui conferver la fien-
ne. De forte que j'eus toutes les peines du
monde à fortir de cette affaire , après un an
de prifon.

De Londres je m'embarquai pour Bayon-
ne, où j'avois quelques affaires , & de-là je
paffai à Madrid, où je trouvai mon ami
dont la lettre m'avoit caufé tant de chagrins.
On me procura tous les amufemens poffibles ; je fus préfenté dans d'honnêtes maifons,
où je me conduifis avec toute la circonfpec-
tion qu'un homme éprouvé peut avoir.
Les petites leçons que j'avois déjà eues à
mon âge me tenoient en garde contre
tous les événemens : je ne pus cependant
éviter cel i que le fort me préparoit encore.

III. Partie.   G

Mon ami m'ayant fait confidérer que fa vie & l'état de garçon ne m'avoient jufqu'alors rien offert de fort agréable ; que d'ailleurs j'étois en âge de fonger à faire un choix, fit tout fon poffible pour m'engager, après un an de féjour dans Madrid, à m'y établir. Il me propofa plufieurs partis ; mais je trouvai des difficultés par-tout. Je ne rencontrois qu'arrogance, fierté, inconduite ; il n'y eut qu'une parente de fa femme, pauvre à la vérité, dans laquelle je crus remarquer un vrai mérite, & dont il fut le premier à me détourner par délicateffe. Un procédé fi franc tourna tout-à-fait à l'avantage de Victorina, c'étoit le nom de la jeune perfonne ; on eut beau me repréfenter qu'elle n'avoit que la figure & beaucoup de douceur, je me crus fait pour la rendre heureufe. La vie trifte & retirée que je lui voyois mener chez mon ami, jointe à quelques duretés qu'elle effuyoit fouvent de fon époufe, me toucha. Moins Victorina avoit lieu de s'attendre à un parti, plus j'envifageai de plaifir à lui offrir ma main. Différent de ceux qui font acheter quelques avantages à une fille par la façon affurée dont ils les offrent, je les lui propofai particuliérement, & avant d'en parler à mon ami : je m'annonçai enfin auprès d'elle comme un homme de fang-froid, qui cherche le

vrai mérite au mépris des autres avantages. L'amour n'entroit pour rien dans mon
choix, l'eſtime ſeule le dirigeoit. Notre
mariage ſe conclut ; je fis vendre le bien
que j'avois en France pour m'établir en Eſpagne, & j'épouſai Victorina, qui ſe con-
traignit deux ans entiers, après leſquels je
reconnus l'effet de quelques mauvais con-
ſeils : on prit un certain ton avec moi.
Quelque bonne envie que j'euſſe d'oublier
ce que j'avois fait, on me força d'en ra-
peller la mémoire ; le manteau de la dé-
votion couvrit le vice : on s'apuya de gens
en état de me perdre. Que m'arriva-t-il enfin ? J'avois, dans le commencement de
notre union, hazardé quelques opinions,
ſur leſquelles il eſt de la derniere conſé-
quence de s'expliquer en Eſpagne ; on ſe
ſervit de ce prétexte pour ſe défaire de moi.
Je me vis un jour, à ſix heures du matin,
arrêté & conduit dans les priſons du Saint
Office, où j'ai eu le tems de m'exercer à
la douleur pendant quatre ans que j'y ai
été renfermé, au bout deſquels on me remit un matin en liberté, après m'avoir
donné quelqu'argent & un ordre précis de
ne plus reparoître ſi je voulois n'être pas
expoſé à quelque choſe de pis. Je n'eus
ſeulement pas le tems d'embraſſer mon
ami ; je gagnai le premier port de mer,
trop heureux encore de recouvrer la liber-

té, que je n'efpérois plus. Il n'étoit pas difficile de deviner qui avoit conduit cette indigne machination. Je revins en France, où
je me ferois vu réduit à la mendicité, fi,
dans les premiers tems de mon mariage, on
avoit voulu me faire le rembourfement
d'une miférable rente de trois cens livres,
qui m'aide à traîner une vie odieufe, que
je n'ai pas la force de m'arracher, mais
dont je verrois fans regret aprocher la
fin. Jugez après cela, Mademoifelle, fi
j'ai raifon de fuir les hommes & leur commerce; je vous ai fuprimé nombre de par-
ticularités, qui, fans être de la même con-
féquence, ne m'ont pas moins été chagri-
nantes. Vous êtes jufqu'ici la feule qui ne
m'ayez pas vendu le plaifir d'obliger
par les fuites les plus fâcheufes.

Le récit de fes malheurs me touchoit d'autant plus qu'il paroiffoit moins les avoir
mérités. Je voulus entreprendre de lui donner quelque confolation, mais inutilement,
fes plaies étoient trop profondes pour lui
en procurer fi-tôt la guérifon : il m'écouta avec complaifance ; il me repréfenta que,
fait à la douleur, il trouvoit une efpece
de foulagement à s'y livrer. J'obtins cependant de lui qu'il me fût permis de l'entretenir quelquefois, & de lui prouver combien j'étois différente de ceux qu'il avoit fi

juste sujet de détester. Je le quittai après lui avoir témoigné combien je prenois part à ses chagrins, & redescendis chez ma vieille hôtesse, dont la joie égaloit la mienne. Nous soupâmes & je me couchai, l'imagination agréablement remplie de mon bonheur, ne regardant plus ces tems fâcheux que j'avois passés, que comme un songe propre à me faire sentir tout le prix de la vie heureuse que j'allois mener. Ce fut alors que je me fis une ferme résolution de penser sérieusement à l'avenir. Que cette nuit fut délicieuse ! Quels agréables songes ! Quel gracieux réveil ! Avec quel plaisir ne jettai-je point les yeux sur ma misérable retraite que j'allois quitter ! sur cet apareil nécessiteux, auquel j'allois substituer toutes les commodités d'une vie aisée & tranquille !

Ne doutant point que M. Poupard ne voulût me meubler un apartement, mais voulant attendre un terme pour en choisir un à ma fantaisie, je me déterminai à retourner rue des deux Ecus, à ma premiere demeure, jusqu'à ce que j'eusse trouvé quelque chose qui me convînt. Je m'habillai, pris un Fiacre & m'y fis mener ; je reconnus, au peu d'empressement qu'on témoigna à mon arrivée, qu'on ne se soucioit guere de ma pratique ; mais je fis bientôt changer de ton, en donnant à

l'hôtesse une teinture du contenu de la lettre qu'elle m'avoit fait rendre la veille, &
en l'avertissant que j'allois faire mettre mes
coffres à son adresse : j'éblouis mes gens,
toute la maison fut en l'air. Cette même
femme, que ma détresse avoit rendue si
revêche, me donna toutes sortes de béné-
dictions, & se fit un plaisir de me mener
elle-même chez un Notaire pour passer ma
procuration. Je retournai chez la Remy,
que je trouvai occupée à ranger le peu que
j'avois à emporter. Je montai encore chez
M. Gerbo, auquel je donnai mon adresse,
en le priant d'agir librement avec moi, &
de me permettre d'en faire de même avec
lui. Je ne pouvois me résoudre à le quitter,
& je distinguai bien aussi quelque regret de
sa part.

Je ne fus pas plutôt descendue, qu'il entra un Domestique de M. Poupard, qui envoyoit savoir de mes nouvelles, & à quelle
heure il pourroit me voir : je lui fis dire
qu'il me trouveroit toute la journée à l'hôtel
Carignan, rue des deux Ecus, où j'allai
aussi-tôt. J'emmenai avec moi la Remy pour
la satisfaire & me tenir compagnie : cette
bonne femme s'étoit attristée avec moi, elle
pleuroit de joie de me voir si contente : elle
ne m'avoit presque jamais vue que languis-
sante & abattue, il étoit bien juste qu'elle
participât à mon bien-être, ayant si long-

tems partagé ma douleur. Je me reconnoiſ-
ſois alors, je retrouvois cette liberté d'eſprit, cette gaieté de cœur, qui donne,
pour ainſi dire, l'eſſor à toutes les facultés de l'ame. On m'avoit préparé mon ancienne chambre, où j'entrai dans un état
bien différent de celui dont j'en étois for-
tie. Je me rapellai les agitations que j'y
avois éprouvées : ce ſéjour, où tous les
objets ſembloient autrefois pleurer avec
moi, ne m'en offroit plus que de rians.
Nous dînâmes la Remy & moi : ma nouvelle hôteſſe vint au deſſert me faire quelques courbettes, que je reçus aſſez cava-
liérement. Je me fis, après le dîner, aporter
du papier & j'écrivis à M. Morand, auquel
j'envoyai ma procuration, & que je priai
d'adreſſer, à lettre vue, mes coffres à l'hôtel Carignan.

Il n'étoit pas plus de trois heures lorſque
M. Poupard arriva. On le conduiſit à ma
chambre, où je lui fis ſentir que je ne m'é-
tois déterminée à venir ſi-tôt que pour le recevoir plus décemment. Je fis monter
l'hôteſſe pour lui demander le nom du
Notaire qui avoit paſſé ma procuration :
je ſavois bien qu'elle ne s'en tiendroit pas
là ; mais j'avois mes raiſons pour ralentir
les progrès de M. Poupard, qui donnoit
intérieurement la cauſeuſe à tous les Dia-
bles. Heureuſement pour lui qu'après avoir

bâillé deux heures entieres , elle se retira ,
de peur , nous dit-elle , de se rendre indis-
crete. Elle n'eut pas plutôt les talons tour-
nés , qu'il se plaignit du désagrément qu'il
y avoit à être obsédé ; ajoutant qu'il falloit
prendre un apartement dans lequel on pût
se regarder comme chez soi. Je lui répré-
sentai , feignant d'ignorer ses vues , que
mes moyens ne me permettoient plus toutes les commodités que je m'étois autrefois
procurées. A quoi il me répondit que ce
n'étoient pas là mes affaires ; qu'il avoit du
goût pour ces sortes de choses , & que je
m'en raportasse à lui : que si le quartier du Palais-Royal n'avoit rien qui me
déplût , il avoit en main ce qu'il me falloit. Je le remerciai , en lui disant que je
trouverois toujours bien ce qu'il feroit. Ah !
voilà parler, me dit-il ! allons, embrassez-
moi. Çà raisonnons : tu sais bien que je
suis ton ami , qu'on ne manque de rien
avec moi : mon amour est solide ; là ,
m'aimeras-tu un peu ? Voyons si....... Et
tout en parlant, une main larronesse cherchoit à prendre des arrhes sur le marché
que nous étions prêts de conclure. Je lui
répondis que mon attachement pour lui seroit aussi sincere que le plaisir que j'avois
à l'avouer ; que l'heureux tour qu'il voyoit
prendre à mes affaires lui prouvoit bien
qu'aucun motif d'intérêt ne me ramenoit à

loi. J'ajoutai qu'il ne devoit attribuer la
réfiftance que je paroiffois opofer à fes défirs , qu'à l'impoffibilité où j'étois de les
fatisfaire dans un lieu où l'on étoit conti-
nuellement expofé à être furpris ou foup-
çonné : je le priai de me paffer mes répu-
gnances à ce fujet ; mais que je ne pouvois les vaincre. Je lui fis fentir qu'il ne
convenoit qu'à des femmes perdues de braver les bienféances. Il fe rendit à mes raifons, goûta mes délicateffes , & après m'a-
voir communiqué quelques arrangemens
qu'il vouloit faire en ma faveur, il me
quitta , en m'affurant qu'il alloit tout mettre en ufage pour me faire fortir promptement d'un lieu auffi incommode.

Quinze jours fe pafferent , pendant lefquels il vint me voir réguliérement, & me
fit nombre de préfens ; le feizieme il me
mena rue de Richelieu, à la maifon qu'il m'a-
voit fait préparer , fans m'en avoir avertie.
Ce fut pour moi une agréable furprife :
rien de plus joli , tant pour la diftribu-
tion de l'apartement que pour le bon goût
de l'ameublement. Joignez à cela la vue
fur le Palais-Royal , & la compagnie d'u-
ne fort aimable perfonne qui occupoit le
corps de logis faifant face au mien. Je lui
témoignai par toutes fortes de careffes combien j'étois fenfible à fon attention ; & effectivement rien n'étoit plus galant. J'a-

vois arrêté quelques jours auparavant un Laquais & une Cuisiniere ; ainsi ma maison se trouva en peu de tems montée. J'aurois bien voulu y rester le jour même, mais il fallut retourner à l'hôtel Carignan pour mettre ordre à quelques affaires.

Je pris le lendemain possession de mon nouveau domicile ; M. Poupard y vint passer l'après-midi : nous soupâmes tête à tête, & il recueillit le fruit des soins qu'il s'étoit donnés pour assurer ses plaisirs. La conjoncture étoit favorable pour lui, j'avois le cœur libre & étois depuis long-tems réduite à une abstinence bien opposée à mon tempérament : aussi ne me parut-il pas si effroyable que dans le tems où j'étois entêtée de son neveu ; peu s'en fallut même que je ne le trouvasse embelli. Je remarquai cependant avec plaisir que depuis que je l'avois quitté il s'étoit heureusement pour moi mis dans le goût de surprendre son monde, ce qui me mettoit à l'abri de ses baisers réitérés.

Le surlendemain de mon arrivée j'allai faire ma visite à madame Delêtre, c'étoit le nom de la Dame qui tenoit l'autre partie de la maison : il y avoit bonne compagnie, & j'y fus reçue avec toute la politesse & l'affection qu'on témoigne à quelqu'un avec qui on veut se lier. J'y passai

une partie de la journée avec tout l'agré-
ment poffible. Elle vint après chez moi :
je ne lui fis pas moins d'accueil ; & , dans
le même cas toutes deux, nous parûmes
nous convenir. Madame Delêtre étoit une
femme d'environ trente ans, fort jolie,
mais fans efprit, qui vivoit avec le Marquis de...., homme d'un certain âge, dont
la figure n'avoit affurément rien de préve-
nant, mais qui joignoit à un efprit vif &
pénétrant de profondes lumieres : plaifan-
tant le premier fur les vains titres dont
les hommes cherchent à fe décorer, il ne
les aprécioit jamais que par leur mérite, qui,
felon lui, devoit feul donner un état. Nous
devînmes en fort peu de tems amis :
madame Delêtre vint fouvent manger
chez moi, j'en fis de même chez elle.
Le Marquis, vis-à-vis duquel j'étois à
mon aife, me trouva quelqu'efprit & de
l'acquis , il me l'avoua avec plaifir :
M. Poupard étoit comblé de me voir
fi fêtée. Les déférences qu'on avoit pour
moi lui ouvroient de plus en plus les
yeux fur mon mérite : il n'étoit jamais
plus fatisfait que lorfqu'il me voyoit faire
l'ornement de cette compagnie, dans laquelle il ne me faifoit pas tout-à-fait le
même plaifir , quoiqu'on eût cependant
pour lui tous les égards poffibles.

Un mois après avoir écrit à M. Morand

mes coffres arriverent : en m'envoyant
mes fonds , il m'en donna avis. Tout se
trouva en bon ordre, de sorte que je me
vis bientôt une garde-robe des mieux étof-
fées. M. Poupard , dont le goût pour
moi augmentoit toujours, m'accabloit de
présens. Je songeai pour-lors à satisfaire
l'envie démesurée que j'avois eue quelques
mois auparavant de braver ma rivale &
son amant. On m'avoit déjà proposé plusieurs parties de spectacles ; mais j'avois
toujours différé pour rendre plus brillant
l'apareil dans lequel je voulois m'y pré-
senter. J'engageai la compagnie à aller aux
Italiens voir une nouvelle Piece, où tout
Paris couroit ; nous retînmes une loge, &
ne négligeâmes rien, madame Delétre &
moi, pour y paroître dans tout l'éclat de
femmes aisées & de bon goût. Pouvois-je
n'être pas mise à mon avantage ? la jalousie
& la vanité s'étoient chargées du soin de ma
parure. M. Poupard n'ayant pu être des nô-
tres, le neveu du Marquis me donna la
main : c'étoit justement ce que je désirois ;
sa figure, quoiqu'un peu équivoque, étoit
gracieuse : son état , sa mise & son maintien
réunissoient tout ce qu'il falloit pour un
amant de montre. Il en étoit déjà aux petits
soins avec moi, & ne pouvoit par consé-
quent manquer de me témoigner beaucoup
d'attentions & d'empressemens. Je fis naître

quelque prétexte pour arriver tard, afin d'être plus facilement remarquée, ce qui ne manqua pas de produire l'effet que j'en attendois. Tout étoit presque plein lorsque nous arrivâmes.

L'ouverture de notre loge produisit l'effet ordinaire sur les Spectateurs, dont le nouveau attire toujours l'attention. Madame Delêtre entra précédée du Marquis, & je suivis le Chevalier de Riswic, son neveu, qui me donnoit la main. Nous rîmes beaucoup de rien par contenance; nous nous parlâmes souvent sous l'éventail pour ne nous rien dire : c'est l'usage. Les femmes jetterent sur nous cet œil critique & pénétrant qui fournit toujours le *mais* objectif aux éloges des cavaliers. Nous regardâmes à notre tour : le Marquis & son neveu reconnurent leurs amis ; on se salua, on se fit des signes, pendant lesquels je parcourus des yeux l'assemblée. Je ne découvris rien, & pensois avoir déjà perdu mon étalage, lorsqu'au second acte je vis entrer Sr Valerie dans la loge située vis-à-vis la nôtre; il tira à part un homme qui avoit salué le Marquis: je ne doutai point que sa démarche ne fût un motif de curiosité ; ils rentrerent tous deux peu de tems après. Je mis tout en usage pour faire soupçonner de l'intelligence entre le Chevalier & moi. La satisfaction intérieure que je ressentois me prêtoit un nouvel enjouement, que

je remarquai faire tout son effet sur S^r
Valerie ; mais ce fut bien autre chose lorsqu'il eut entendu le Marquis, au sortir de
notre loge, me dire, en me prenant le bras :
un moment, Mademoiselle, ce ne sera pas
toujours le tour de Riswic, il va donner la
main à madame Delêtre; pour vous je veux,
s'il vous plaît, que vous me disiez votre sentiment sur ce que nous venons d'entendre,
vous savez le cas que j'en fais. Ma vanité
trouva assurément bien de quoi se flatter de
ce que me disoit le Marquis ; il avoit la réputation d'avoir autant de sincérité que d'esprit. L'état brillant & la compagnie choisie
dans laquelle me vit Sr Valerie, joint à
l'air galant dont j'avois eu soin de relever
quelques agrémens naturels, produisirent
leur effet dans son cœur : il sentit rallumer
ses feux pour moi ; il se trouva, j'en fus
convaincue par la suite, dans la même
situation où il m'avoit mise avec la Valcourt.

Nous revînmes souper ensemble. M. Poupard, qui nous attendoit, avoit pris ses précautions pour nous procurer une chere dé-
licate. Nous passâmes une fort agréable
soirée : je chantai, j'amusai, & nous nous
quittâmes très-satisfaits de notre journée,
dont le succès m'occupa encore avec plaisir
une partie de la nuit.

La facilité de nous voir & de nous entre-

tenir nourrit cependant l'amour du Chevalier de Rifwic : fa paffion devint une affaire
férieufe, qu'il traita avec moi dans toutes les
regles de l'art. Le Marquis fon oncle ne
tarda guere à s'en appercevoir, & faifit toutes les occafions qui fe préfenterent pour
lui faire à ce fujet les leçons les plus humi-
liantes fur la facilité des jeunes gens & le
danger auquel s'expofe une femme qui leur
donne quelqu'avantage fur elle. Mon cher
neveu, lui dit-il un jour devant moi, vous
y voilà, j'en fuis bien aife, vous payez à
préfent les fottifes de vos pareils : les aimables ont gâté le métier. Vous êtes d'une jolie figure, vous pourriez amufer une femme, mais on n'ofe fe fier à vous, mes petits Meffieurs ; vous avez la réputation de
devenir infolens & heureux tout enfemble.
Sans être bégueule, une femme ne veut
point être expofée à l'injufte procédé d'un
fat, qui la plupart du tems mefure fes
droits fur elle aux bontés qu'elle a eues pour
lui. Je ne fais quel étoit pofitivement le but
du Marquis, mais fes propos ne reculoient
point les affaires de fon neveu ; c'étoit un
homme qui avoit vécu au-deffus du préju-
gé, vis-à-vis duquel le mérite de gêner fes
apétis étoit très-petit : ce n'étoit, felon lui,
que le talent des dupes ; mais il étoit ex-
trêmement jaloux des dehors que les hommes s'impofent. Je ne voyois rien dans fa

morale au Chevalier qui ne tendît à le rendre tel que je le désirois pour m'y livrer : j'eus cependant, malgré tout cela, la cruauté de le faire languir pendant trois semaines, après lesquelles je fis une pauvre épreuve de son mérite ; mais en prenant toutes les précautions imaginables pour qu'on n'en pût dans la maison avoir le moindre soupçon : quelquefois même M. Poupard me reprochoit mes manieres seches à son égard. Il est vrai que notre intrigue ne dura pas long-tems ; j'aurois même peine à rendre compte de ce qui me détermina à lui accorder quelque chose : il rencontra sans doute le moment. Nous étions sur un canapé, dans mon cabinet, occupés à arranger des découpures ; il en tomba quelques-unes, je fis, en voulant les ramasser, un mouvement qui lui fit quelqu'avantage, il en profita : ses mains se saisirent de ce que je ne pouvois lui arracher ; une espece d'indécision sur le parti que j'avois à prendre l'enhardit, il alla en avant. Il ne faut, on le sait bien, qu'un instant pour émouvoir : il me promit beaucoup & ne me tint rien. Quand une fois on a permis à un homme d'être impertinent, c'est un pauvre sujet s'il cesse de l'être. Le second jour enfin je connus à n'en point douter le foible de mon amoureux, & j'en aurois été fort embarrassée si, trois semaines après, il n'eût été rapellé à son

Régiment,

Régiment, où il eut le malheur de se faire tuer.

Après avoir été plusieurs fois aux spectacles, où j'avois sans doute fait de nouveaux progrès dans le cœur de sieur Valerie, avec lequel je n'avois pu parvenir à voir sa maîtresse, je reçus une lettre de lui, par laquelle il me fit toutes les offres imaginables, & me spécifia les mauvais services que la Valcourt m'avoit rendus auprès de lui ; ajoutant qu'il étoit prêt de me la sacrifier ; qu'un seul mot favorable le mettroit au comble de ses vœux & me le rameneroit plus tendre que jamais ; que son arrangement avec la Valcourt étoit moins une affaire de cœur qu'une fantaisie. Je fus bien tentée de me venger de ma fausse amie : rien n'étoit plus humiliant que cette lettre, c'étoit l'anéantir que de la lui envoyer ; mais, devenue plus circonspecte par l'aventure de Marseille, je ne risquai point de détruire le bonheur dont je jouissois, en voulant le couronner du plaisir de la vengeance : je me contentai de remercier poliment sieur Valerie, & de me faire un mérite de sa lettre auprès de M. Poupard, à qui je la montrai. Les gros avantages qu'il m'offroit y étoient amplement détaillés. Je ne vis jamais homme plus transporté. La vengeance qu'il crut par-là tirer de son neveu, jointe à l'acte de fidélité qu'il trouvoit dans mon procédé, lui fit un plaisir inexprimable.

III. Partie.　　　　　　　　H

Ce trait m'acquit toute fa confiance : il ne
favoit comment me témoigner fon raviffe-
ment. Je tournai cependant ma réponfe à fon
neveu d'une maniere à ne le pas défefpérer :
j'aurois bien été tentée d'en tirer parti ; mais
je craignois trop de me voir jouée en voulant
jouer les autres : le paffé me fit tenir fur mes
gardes. Ce facrifice me valut de nouveaux
bienfaits de M. Poupard, qui ne mit plus
de bornes à fa générofité.

Après m'être fatisfaite du côté de la
Valcourt & de St Valerie, il étoit bien jufte
que je fongeaffe, autant par devoir que par
inclination, à quelque chofe de plus férieux.
Depuis que j'avois quitté la Remy, j'avois
plufieurs fois envoyé prier inutilement M.
Serbo de venir me voir, fans avoir jamais
pu l'y déterminer. Je m'en étois même en-
tretenue avec le Marquis & madame Delêtre, comme d'un homme auffi fingulier
par fa façon de penfer, qu'à plaindre par les
traits de perfidie qu'il avoit effuyés. Je n'a-
vois jamais, en parlant de lui, diffimulé
les obligations que je lui avois, fans détailler cependant de quelle nature elles étoient :
j'avois fait naître enfin l'envie de le connoître ; les difpofitions dans lefquelles je m'an-
nonçois à fon égard ne pouvoient affurément que me faire honneur vis-à-vis de gens
qui penfoient. Je pris donc le parti de me
faire mener chez lui, bien réfolue de n'é-

couter plus les raisons qu'il pourroit me donner pour se dispenser de se rendre à mes instances. Mon dessein étoit de l'emmener diner avec moi ; aussi lui déclarai-je en entrant , & sans autre biais , que je l'enlevois pour toute la journée , sans qu'il dût songer seulement à s'en défendre : & sur les difficultés qu'il voulut d'abord faire , je lui signifiai en riant que j'allois faire du scandale ; que j'étois d'humeur à ne me payer d'aucune excuse ; qu'il étoit honteux & humiliant pour une femme de prier si long-temps : que j'allois faire le lutin jusqu'à ce qu'il fût monté en carrosse avec moi. Ce petit air résolu le fit rire ; il vit bien qu'il ne gagneroit rien , & se détermina enfin à me suivre , en me disant que puisque je voulois absolument m'ennuyer il m'ennuieroit donc. Nous descendîmes : je dis bon-jour à la Remy , en l'exhortant à se consoler de ce que je lui enlevois ses voisins. Nous montâmes dans ma voiture, en plaisentant toujours sur mon rapt , & nous nous fimes mener chez moi , où on me rendit, en arrivant , un billet de M. Poupard , qui me mandoit la nécessité où il se trouvoit d'aller à Versailles , au moyen de quoi je fus sûre d'être seule : je n'en fus pas fâchée, me trouvant à portée de causer plus librement avec mon convive , devant lequel je témoignai cependant quelque regret, pour lui faire mieux sentir le plaifir qu'il étoit fûr de faire à tous ceux qui s'intéreffoient à moi. Il eft inutile de détailler tous les foins que je pris pour le bien recevoir, on fe l'imagine affez : il trouva mon appartement auffi joli que commode. Je plaifantai beaucoup avec lui fur la différence qu'il y avoit de mon état actuel à celui dans lequel il m'avoit fecourue. Ce fouvenir m'arrachoit toujours des larmes de joie. Nous parlâmes jufqu'au dîner de chofes indifférentes, & du bonheur que j'avois eu de rencontrer dans ce corps de logis une fociété de gens aimables & diftingués. J'attendis la liberté du deffert pour l'engager à agir auffi librement avec moi que j'avois fait avec lui; mais ce fut inutilement. J'eus beau lui donner une idée de mes aifances, lui reprocher combien fes refus étoient infultants pour moi, il fut toujours le même : je ne pus gagner autre chofe que de découvrir l'envie qu'il avoit de quelques livres, que j'eus foin de lui envoyer à propos.

A peine nous eût-on fervi le café, que madame Delêtre & le Marquis entrerent, fans façon, à leur ordinaire. M. Gerbo, dont la mife étoit des plus minces, fe leva, témoignant quelqu'embarras vis-à-vis du Marquis, dont la magnificence feule

annonçoit l'état. Vous me furprenez en tête-
à-tête, lui dis-je ; eh bien ! ce n'eft encore
rien que cela : telle que vous me voyez ,
j'ai plus effuyé de refus aujourd'hui que je
n'ai fait en toute ma vie. Vous ne favez
pas ce qu'il en coûte pour aprivoifer les
ours : oui, il m'a fallu main-forte pour
enlever Monfieur de fa folitude. Cela ne
m'étonne pas, Madame, répondit le Marquis ; le mérite de Monfieur peut être tel
que bien d'autres que vous ne feroient pas
moins de démarches pour le poffèder : je
vous avouerai même que la vôtre juftifie
entiérement mon opinion. Il fera malheureux pour moi, Monfieur, de ne pouvoir
la foutenir, reprit M. Gerbo, avec autant de grace que de modeftie. Vous n'en
êtes que trop capable, lui dis-je en me
jettant à fon cou ; qui peut en mieux ré-
pondre que moi ? Ah ! M. le Marquis, que
ne lui dois-je point ? Quels fentimens, quelle
générofité, quelle ame ! Vous aimez le
vrai mérite : qui peut fe flatter de l'emporter fur lui ? Je ne pus dans cet inftant
me refufer le plaifir de détailler les circonftances dans lefquelles j'avois éprouvé fon
bon cœur, fa délicateffe & la pureté de
fes intentions, en me procurant des fecours dont il fe privoit lui-même. La fran-
chife avec laquelle ma petite vanité fe fa-
crifioit de fi bonne grace à la reconnoiffan-

ce, fit autant d'impreſſion ſur le Marquis
que ce que je lui racontois de mon bien-
faiſteur, dont le modeſte embarras ſe remarquoit aſſez. Cette ſcene, où M. Gerbo ſe trouvoit ſi avantageuſement repréſenté, ne contribua pas peu à confirmer les
idées qu'on avoit déjà de lui. Je n'avois
juſques-là découvert chez lui que les qualités du cœur; mais le Marquis découvrit
bientôt celles de l'eſprit, auquel il ne
manquoit ni pénétration ni lumiere : il le
goûta dès ce jour même au point de lui demander inſtammemt ſon amitié. J'inſiſtai
avec lui pour l'engager à regarder notre
maiſon comme la ſienne ; mais il n'étoit
pas encore tems. Quelques jours après cependant le Marquis l'ayant rencontré, le
força de venir ſouper avec lui chez madame Delêtre, où il devoit juſtement ſe
trouver une compagnie de gens d'un mérite diſtingué : il en fit l'admiration, &
ſurpaſſa de beaucoup les idées avantageu-
ſes qu'on avoit données à ſon ſujet. Il fut
queſtion de matieres ſérieuſes, dans leſquelles il ſe montra auſſi profond que juſte
& net dans ſes raiſonnemens. Nous lui fîmes tant la guerre ſur le peu d'empreſſement avec lequel il répondoit à l'envie
que nous avions de le voir plus fréquemm-
ment, qu'il ſe détermina enfin à abandonner ſon quartier pour ſe raprocher du nô-

tre. Je pris soin moi-même de lui faire
trouver une chambre commode , dans laquelle j'envoyai les livres qu'il m'avoit
paru désirer : l'hôtesse lui fit entendre ,
sans affectation , qu'il en auroit la jouiffan-
ce , ce qui le fit paffer pardeffus les ob-
jections qu'il auroit pu lui former. La proxi-
mité nous procura plus fouvent fa compagnie , quoiqu'il fe fît encore défirer. M.
Poupard ne pouvoit manquer de penfer
comme tout le monde à fon fujet ; il parut
auffi amufant à celui-ci , qu'éclairé & favant
aux autres. Nous nous aperçûmes même
que la fociété changeoit beaucoup fon caractere , auquel la trifteffe feule avoit
aporté quelqu'altération.

Je trouvois fa converfation fi inftructi-
ve & fi intéreffante , que je ne pouvois me
laffer de l'entendre : je paffois les journées
avec lui fans m'en apercevoir ; car j'avois
enfin obtenu qu'il ne me quittât prefque
point. Il n'étoit pas poffible qu'un commerce auffi fréquent ne découvrît tôt ou tard
l'homme fous le Philofophe. Je m'aperçus ,
après un certain tems , de quelque changement qui fe faifoit en lui. Lorfque nous
étions enfemble il évitoit mes yeux , fon
entretien fe reffentoit de fa diftraction : je
lui en fis des reproches , il fe défendit affez mal ; & fur ce que je me plaignis un
jour du peu de confiance qu'il avoit en

moi, puiſqu'il me cachoit quelque nouveau
ſujet de chagrin, il m'avoua ſans détour
qu'il commençoit peut-être trop tard à voir
le danger où je l'avois précipité ; mais qu'il
ſe croyoit dans le cas inévitable à tous
ceux qui me fréquenteroient : que ſon cœur
enfin s'étoit oublié en donnant accès à d'autres ſentimens qu'à ceux de la triſteſſe ;
qu'il étoit étonnant que, ſe rendant juſtice
comme il faiſoit, il n'eût pas la force de ſe
garantir d'une paſſion dont il ſentoit tout
le ridicule. Comment, me dit-il, définir
le cœur humain ? Comment donc ſoumet-
tre ſes apérits à cette raiſon impérieuſe,
dont les lumieres nous éclairent, ſans avoir
l'art de nous décider ? Comment, dans la juſte diſtinction que je fais du mal réſultant
pour moi d'une action, ne puiſai-je pas la
facilité d'étouffer un déſir, un penchant
dont le combat intérieur équivaut le mal
que je veux éviter ? Ma réponſe fut auſſi
ſimple que ſa déclaration : je ſerois com-
blée, lui dis-je, que vous ne vous mépriſ-
ſiez pas à l'aveu que vous me faites. Je
mépriſe avec vous l'art de feindre, ſi né-
ceſſaire avec les autres hommes : ma fran-
chiſe ira juſqu'à vous avouer que l'unique
déſir qui me reſtoit étoit de vous atta-
cher à moi. Que pouvoit-il m'arriver de plus
heureux ? Ce n'eſt ni paſſion effrénée, ni
effet du tempérament ; quelque choſe de
plus

plus délicat me motive, c'est un goût fondé sur l'estime la plus sincere, l'amitié la
plus intime & la reconnoissance la plus vive. Si cette façon d'aimer n'a pas les mouvemens impétueux d'une ardeur déréglée,
elle en est dédommagée par une solidité,
un calme inaltérable & un discernement
réfléchi, qui est un bien flatteur pour celui qui l'inspire. Un penchant fondé sur
les qualités du cœur & de l'esprit, est aussi
durable & fixe, qu'est passager celui que
quelques agrémens ont fait naître. M. Gerbo, pénétré du retour que je lui témoi-
gnois, ne me répondit que par ces aimables transports qui ont toujours de si heureuses suites ; il se jetta à mes genoux, je
me gardai bien de l'y souffrir : l'excès de
son bonheur lui rendit un air gracieux, que
je ne lui avois point encore trouvé. Déga-
gés de ces usages tyranniques qui exigent
des longueurs & des cérémonies auxquelles on ne se soumet que pour célébrer les
aparences, nous nous embrassâmes, nous
nous promîmes un attachement inviolable.
Jaloux de nous surpasser en délicatesse,
nous n'oubliâmes rien de ce qui pouvoit
la caractériser : en cherchant le sentiment,
nous rencontrâmes enfin la volupté.

Notre commerce, au moyen des sages
précautions que nous prîmes, se trouva ensé-
veli dans le silence ; le maintien réfer-

vé qu'il obſerva toujours avec moi , ne laiſſa jamais rien tranſpirer. Certain air ſérieux
& auſtere n'annonçoit chez lui que le goût
des ſciences & de l'étude. M. Poupard
s'accoutuma à le voir réguliérement chez
moi , comme un de ces animaux domeſti-
ques dont on ſe fait habitude. Autant va-
loit-il , ſelon lui , qu'il m'amuſât qu'un ſa-
pajou. Nous paſſâmes cinq années entieres ,
pendant leſquelles nous ne négligeâmes
rien de ce qui pouvoit cacher notre intelligence. Nous ſentîmes même ſur la fin tout
le poids de cette gêne , de laquelle nous
nous vîmes le plus heureuſement du monde
affranchis.

M. Poupard devint volage , comme tous
les amans heureux : il ſe rendit amoureux
d'une jeune perſonne qui avoit ſollicité un
début aux Français pour s'annoncer dans le
monde. J'en fus bientôt informée , & je
profitai de cette occaſion pour rompre une
intrigue qui ne pouvoit pas toujours durer.
Je me voyois près de cent mille livres de
fonds ; c'étoit plus qu'il ne m'en falloit :
je penſai qu'en les plaçant en rente viage-
re je ne ſerois plus obligée de m'expoſer
aux fantaiſies des hommes. Je communi-
quai mon projet à M. Gerbo , qui l'aprou-
va. Nous nous plaiſions plus que jamais ;
il n'étoit pas douteux qu'il n'acceptât avec
plaiſir la propoſition que je lui fis de vivre

enfemble. Je plaçai une partie de mon argent fur fa tête, pour qu'il fût à l'abri des
accidens ; je retranchai quelque chofe de
mon train, & me regardai pour-lors, avec
mon ami, comme dans un port de tranquillité, duquel mes paffions ne rifque-
roient plus de m'arracher. Trois mois après
nôtre arrangement, M. Poupard voulut
me rendre fes bonnes graces : je le reçus
avec tous les égards & la politeffe qu'il méritoit ; mais je lui fis entendre que j'avois
reçu la main de M. Gerbo ; que pour
quelques affaires de famille nous tenions
encore la chofe fecrette. Il ne douta pas
un inftant de la chofe, & effectivement
il ne manquoit à notre union qu'une
cérémonie extérieure, qui n'affortit mal-
heureufement ni le caractere ni les fentimens. Nous avons toujours continué de
voir avec la même fatisfaction le Marquis
de...... & madame Delêtre, jufqu'à ce
que quelques affaires les aient engagés à
fe retirer dans une terre aux environs de
Rouen. Nous avons vivement fenti leur
perte ; & difficiles dans le choix de nos
amis, nous avons eu beaucoup de peine
à les remplacer.

Qu'êtes-vous devenus, bouillans tranf-
ports, apétits déréglés, auxquels je ne fa-
vois rien refufer ? Tems orageux d'une jeuneffe inconfidérée, je vous ai employés à

courir follement après un bonheur dont
je ne saisissois jamais que l'ombre. Je ne
jouis vraiment que depuis ces jours pai-
sibles & heureux, qu'un ami si tendre &
si raisonnable m'a apris à connoître d'autres sentimens que ceux qu'inspirent un
amour impétueux.

Fin de la troisieme & derniere Partie.